近藤史恵

山の上の家事学校

中央公論新社

目次

装画　伊藤絵里子
装幀　須田杏菜

山の上の家事学校

第一章　悔恨

　ドアを開けた瞬間、少しかびくさいような臭《にお》いがした。

　少しだけ、少しだけだ。自分にそう言い聞かせる。家に入って、数分すればもうわからなくなる。

　生ゴミは月曜日に出した。今日は木曜日。二月の気温で臭うほど長くは放置していないはずだ。そう思ってから気づいた。木曜日は週に一度のプラゴミの日で、ぼくは先週もプラゴミを出すのを忘れてしまった。

　つまり、二週間分のプラゴミが放置されて、ゴミ袋はふたつ分に達している。来週まで出せないということは、ここからもうひとつ、ゴミ袋が増えてしまうということだ。

　食事はほとんどコンビニかテイクアウトだから、プラゴミばかりが積み上がっていく。洗ってはいるが、捨てるものだと思うとどうしても洗い方はいい加減になる。

　つまり二週間分のプラゴミが、臭いはじめているのだろう。

　明かりをつける。敷きっぱなしの布団《ふとん》と、出しっ放しのペットボトルのお茶。窓を開けたのもいつだったか記憶にない。ましてや布団を干したのはいつだっただろう。たぶん、三ヶ月以上前だ。

仕方ないじゃないか、と、自分に言い訳をする。朝は起きてすぐ出かけていく。新聞記者という仕事柄、休日出勤も多い。布団を干す暇などない。

一人暮らしを再開してから、ほぼ一年。季節を一周してしまった。

結婚していたとき、布団をいつ干していたのか、覚えていない。妻の鈴菜《すずな》が家にいたときは、昼間干していたのだろうと見当がつくが、一年ほどの短い期間とは言え、共働きの期間だってあったのだ。しかも、彼女は同業者だった。

取材先でよく顔を合わせるから会話を交わすようになり、三年ほど交際してから、結婚。翌年に子供が産まれて六年。

十年なんてあっという間だ。ぼくも、もう四十三歳になった。

鈴菜が不満を溜《た》め込んでいることには、気づいていた。コロナ禍もあり、保育園は何度も休園になった。大変だと言っていたけれど、ぼくはその話を聞き流してしまっていた。

ライターの仕事をはじめて、映画評などをやっていることは知っていたが、家でやる仕事だ。大変だと言っても、なんとかなるだろう。そう考えてしまっていた。

娘の理央《りお》は可愛《かわい》かったし、大事に思っている。でも、鈴菜にまかせていれば大丈夫だと思っていたのだ。鈴菜は賢い女性だ。彼女のそういう頼もしいところが好きだった。

だが、ぼくは忘れてしまっていたのだ。鈴菜は賢くて、フェアで、そして行動力がある。

ある日、仕事から帰ってくると、家は真っ暗だった。明かりをつけて驚いた。

鈴菜と理央の荷物が全部なかった。テーブルの上にはなぜか、ファイルが置かれていた。

それを手にとって、ひっくり返った。

一枚目は、鈴菜の名前が書かれて、捺印《なついん》された離婚届。あとは一年前からの、ぼくの行動のレポートだった。
○月○日、早く帰るように頼んだのに、帰ってこなかった。○月○日は理央の面倒をみてもらう約束だったのに、朝から出かけて、夜まで帰らなかった。酔って帰ってきて、理央のための乳酸菌飲料を三本も一気飲みしたことまで書いてある。
ひとつひとつは、些細《ささい》なことだ。こんなことで離婚を要求されることなどないと思う。だが、みっちり書かれた記録は、彼女が一年以上前から、着々と準備をしていたことを証明していた。

その期間、ぼくへの怒りを滾《たぎ》らせていたことも。

ぼくは白旗を揚げるしかなかった。

慰謝料は要求されなかったが、貯金は半分彼女に渡すことになった。仕方ない。結婚する前、ぼくはほとんど貯金をしていなかったし、鈴菜がきちんと家計を管理していてくれたからこそ、作れた貯金だった。

あとは、理央が成人するまで養育費を払わなければならない。その見返りは、月に一度、一、二時間ほど理央に会えるというだけ。

理央と離ればなれになりたくない気持ちはあった。だが、どう考えても、ぼくが働きながら、ようやく今年から小学校に入学する娘の面倒をみるのは無理だ。

念のため、父の死後、一人暮らしをしている母に、近くに住んで理央の面倒をみてもらうことができるかと尋ねたが、けんもほろろの答えだった。

「そりゃあ、鈴菜さんが病気とかなら考えるけど、彼女は元気で、理央ちゃんを引き取るつもりなんでしょう」

「実家のある大阪に帰って、両親の力を借りて、働きながら育てるって……」

「じゃあ、それでいいじゃない。今さら、母親のように子育てするなんてわたしには無理。理央ちゃんは可愛いけど、たまに会えればそれで充分。孫は亮太《りょうた》も茜《あかね》もいるしね」

亮太と茜は、妹の子供たちだ。

「母さんの力を借りるのは、最低限にするから」

「で、理央ちゃんが小学校から帰って、あんたが仕事から帰ってくるまでどうするの。毎日のごはんは？　学校行事は？」

母に問い詰められて、ぼくは押し黙ってしまった。

理央の育児に積極的に関わってきたならまだしも、ぼくはほとんど鈴菜にまかせっぱなしだった。理央と、いきなりふたりで生活するとなったとき、なにをすればいいのか、なにが必要なのかすらわからない。

オーケー、オーケー、大人しく、ウジが湧く男やもめになるしかないというわけだ。

買ってきた弁当をローテーブルの上に置いて、万年床に横になった瞬間、携帯電話が鳴った。画面を見ると、鈴菜からだった。

彼女にはこういうところがある。ちょうどゆっくり話せる状況のときに、電話をかけてくるのだ。

「はい……」

「こんばんは。元気？　こっちは問題ない」

元気？　と尋ねた後、ぼくの返事を待つ様子もない。それでも、「元気？」と聞いてもらえることは、ありがたいと思わなければならないのだろう。

「三月の面会の日取り、もし幸彦《ゆきひこ》が決めたら早く教えて。わたし、三月も四月もたぶん東京に行かないから」

理央との面会のチャンスは、鈴菜が東京にくる予定がある日に合わせるか、ぼくが大阪に行くか、どちらかしかない。去年は緊急事態宣言による行動制限もあったから、数えるほどしか会えなかった。今はそこまで厳しくないから、絶対に会いたい。

思い切って言ってみた。

「あのさ……俺、今、勤続二十年の長期休暇も取れるんだよ。もしよかったら、理央と一緒に旅行とか……もちろん、きみもよければ……も、もちろんそういう意味じゃなくて、理央と長く一緒にいたいんだ。二泊三日くらいでも……」

「ごめんなさい。わたしは無理」

ぴしゃりと扉を閉めるような返事。

「じゃあ、理央だけでも……」

「彼女がもう少し大きくなったら考えてもいい。もちろん彼女に聞いてからね。でも、今は無理。幸彦に、理央をまかせられない。あの部屋、なによ」

去年、一度、込み入った話をする必要があって、ぼくは鈴菜と理央をこの部屋に招いた。ぼくとしては片付けたつもりだった。

「あのときよりは片付いてるよ」

あのときよりひどくなった部屋を眺めながら、ぼくは大嘘《おおうそ》をつく。

一歩入っただけで、鈴菜は顔色を変え、廊下に出て、携帯電話で駅前のカラオケボックスを予約した。話し合いはそこで行われた。

理央にはアトピーがある。こんなかびくさい部屋にはいられないというのが、その理由だった。

たしかに、隅々《すみずみ》まで掃除したわけではなかった。自覚するのも恥ずかしいが、少しだけ下心があったのだ。ぼくを可哀想《かわいそう》だと思ってほしい。きみたちが出て行ったせいで、こんな狭い部屋で、惨めな暮らしをしているんだと知ってほしい。

たぶん、そんな気持ちも、鈴菜には伝わってしまっていたのだろう。十年も一緒に過ごしたのだ。

「でも、旅館とかホテルなら、清潔だから……」

「理由はそれだけじゃない。父親と会うのは、理央の権利だから、彼女が嫌だと言わない限りは会わせる。でも、あなたに理央の命が守れるとは思っていない」

そんな大げさな、と、言いかけたことばを呑《の》み込んだ。

結婚している間、ぼくは鈴菜が怒るたび、同じことばを繰り返していた。そんな、大げさな。大げさなんだよ、鈴菜は。

あるときから、鈴菜はぼくになにも言わなくなった。その代わりに、ぼくの行動をすべて記録に残しはじめたのだと、今になってわかる。

「あと、四年くらいして、理央がもっとお姉ちゃんになって、彼女が行きたいって言ったら、そのときにね」

だが、四年後、めったに会わない父親と、旅行に行きたいと思ってくれるだろうか。

幸い、今はまだ理央はぼくに懐いてくれている。会うと、「パパ！」と抱きついてくれるし、手もつないでくれる。いつまでそれが続くのだろう。

「じゃあね。日程決めたら、メッセージでも送って」

「あ、あのさ！」

電話が切られそうになったから、あわてて言った。

「なに？」

「俺……、もしかしたら、大阪支社に異動になるかも……、も、もちろん、よりを戻したいとか、そういうつもりじゃなくて……一応、報告しておく……」

異動願いを出したのは、ぼく自身だが、それを言うことはできない。

「政治の中枢は霞《かすみ》が関《せき》でしょ」

たぶん、それはぼくが何度も口にした言葉だ。彼女がそれを返すのは、皮肉なのだろう。

「うん……。だから政治部からも離れると思う」

そう言うと、少し驚いたような気配がした。

異動するなら、文化面などの担当になるだろうという話は、すでに聞いていた。それでかまわない。もうその方がいいとさえ思う。

ずっと、自分の仕事を誇らしいと思っていた。誰も代わりはできないと信じ込んでいた。

だから、家族のことは後回しにして働いてきたのだ。

だが、そのせいで、ぼくはいちばん大事な家族を傷つけて、失ってしまった。

それだけではない。去年、新型コロナに感染した長い自宅療養期間中も、職場はぼくがいないことで、めちゃめちゃになったりはしなかった。

感染したのは、たぶん、懇意にしていた政治家との食事会でだった。そこで、感染者が何人も出て外聞が悪かったのか、その政治家の担当を外されてしまい、そのことにも深い失望を感じた。

最前線で戦っているつもりが、ただの取り替え可能な駒だったと思い知らされた。

「その……だから頻繁に理央に会わせろとか、そういうつもりはないよ。でも、なにか困ったことがあったら頼ってほしい。ぼくもちゃんと頼ってもらえるように努力するから」

「そうね。たしかになにかあったらお願いするかもね」

鈴菜はそう言った。単なるリップサービスかもしれないが、それが泣きたいほどうれしかった。


母に会いに行ったのは、その週の土曜日のことだった。

まだ政治部にはいるが、感染して以来、政治家に張り付いて、オフレコの話を聞き出すような仕事からは離れてしまった。記者会見や、国会などの記事を主に担当しているから、前よりも時間がある。

大阪への異動がほぼ本決まりになったことの報告と、異動前にリフレッシュ休暇を使い切れという上司からの指示もあり、母を旅行に連れて行ってやれないかと思ったのだ。

十日間のリフレッシュ休暇と、残っている有休を足すと、二十日くらいは休める。コロナ禍でもなければ、海外旅行にだって行けるはずだが、さすがに今は無理だ。それでも、国内をゆっくり見て回るくらいならできるだろう。

古い小さな一軒家からは、子供の声が聞こえてきた。どうやら、妹の和歌子《わかこ》と、亮太と茜がきているらしい。

インターフォンを鳴らして中に入った。

鍵の開いたドアを開けると、茜を抱いた義弟の仁太朗《じんたろう》が顔を出した。仁太朗はひょろりと背が高く痩《や》せているから、木に可愛い小猿が抱きついているみたいだ、なんて思う。

「あ、お義兄《にい》さん、ご無沙汰しています」

茜はまだ三歳だ。顔を見ると、理央の幼かった頃を思い出して、胸が痛くなる。

「和歌子もきてるのか?」

「朝、急な仕事が入ったそうなので、後からきます」

母は亮太と一緒に、ソファに座っていた。亮太が携帯ゲームの画面を見せながら、とりとめのない話をしているのを、にこにこ聞いている。

ぼくの顔を見ると、母は亮太に言った。

「おばあちゃん、おじちゃんとお話があるから、ゲームしてなさい」

「はーい。おじちゃん、こんにちは」

自分におきかえてみる。もし、鈴菜がいないときに、鈴菜の両親の家に子供を連れて行って、なごやかにやれるだろうか。考えただけで胃が痛くなってくる。鈴菜の両親が、特に困った人だというわけではないが、なにを話していいのかわからないし、想像しただけでも「無理」という結論しか浮かばない。

だが、仁太朗はそれをさらりとやってのける。聞いたところによると、和歌子が急にこられなくなり、仁太朗と子供ふたりだけでやってきたことも何度もあるらしい。母も仁太朗のことを気に入っている。

なにが違うのか。コミュ力か。会社員だが上司に交渉して、育児休暇を三ヶ月取り、下の世代から大感謝されたという話も、和歌子から聞いた。

母が立ち上がって、コーヒーメーカーからコーヒーを注いでくれる。

「あのさ……前にも話したけど、俺、四月から大阪に異動になると思う」

「そう。じゃあ、理央ちゃんとも頻繁に会えるね」

会わせてくれるかどうかはわからない。

「まあ、離婚しても親であることには変わりはないし、子供はあっという間に大きくなるから、その方がいいわね。鈴菜さんによろしくね」

「それとさ……もしよかったら、来月、旅行にでも行かないか。リフレッシュ休暇もあるし」

去年、感染して長い休みを取ったから、有休を取るつもりはなかったが、今の方針は社員の尻を叩《たた》いてでも、有休を取らせるという考えらしい。必ず取るようにと、上司に念を押されてしまった。

「いやです。あんたとふたりで旅行に行っても、全然気が休まらないし」

即答されてしまった。普通、母親というものは、息子が旅行に連れて行ってやると言えば、大喜びするものではないのだろうか。

そう考えてから、はたと気づく。

その「普通のイメージ」はどこからきているのだろうか。

ドアが開いて、和歌子の声がした。

「お母さん、遅くなってごめんね。お昼にお寿司買ってきたから、一緒に食べよ」

リビングにきてから、和歌子はちょっと困ったような顔になった。

「なんだ。お兄ちゃんきてたの？」

ぼくは慌てて言った。

「お、俺はもう食べてきたから」

運悪く、そのときにお腹がぐうと鳴った。和歌子は、仁太朗の方を振り返って言った。

「ピザを一枚取りましょう」

子供たちにはピザの方が人気だった。もちろん、ピザ代はぼくが払った。

だが、思いもかけず、母の言う「あんたとふたりで旅行に行っても、全然気が休まらないし」ということばの意味を、ぼくは理解した。

和歌子は、昼食を母の分も一緒に買ってきた。子供たちの分も含めて食事を用意するのは簡単ではない。それに対して、ぼくは、実家に行けばなにか食べ物が出てくる、くらいの感覚でいたのだ。

今回だけが特別なわけではないだろう。食卓には、母の作ったサラダなども並んでいて、子供たちは喜んで食べているが、必ず作らなければならないのと、気が向いたときだけ作ればいいのとでは、労力がまるで違う。

たぶん、何年か前のぼくなら、同じ光景を見ても、こんなふうには考えなかっただろう。

「母さんに作らせればいいのに」と考えていたかもしれない。

思えば、手土産《てみやげ》もなしにきてしまった。ためいきが出る。

鈴菜に対しても一事が万事、こうだったのだろう。そう考えると、胸がズキズキ痛んだ。

食事が終わると、和歌子が言った。

「ごめん。お兄ちゃん、ちょっと話があるんだけど、いい？」

それを耳にした仁太朗が言う。

「俺、外した方がいい？　子供連れて公園にでも行こうか」

「大丈夫。わたしたちが二階に行くから」

二階の部屋はほとんど物置になっている。階段が急で危ないから、母も普段は階下でしか生活していない。

和歌子と一緒に二階に行くと、窓が開いていた。たぶん、ぼくがくる前に、仁太朗が二階に上がって、窓を開けたのだろう。これまでも何度か同じことがあった。

その窓を閉めてから、和歌子が言った。

「お兄ちゃん、リフレッシュ休暇がもらえるって言ってたよね」

「ああ、今の時期、なにしていいのかわからないけどな」

母が旅行に行かないなら、ひとりでどこかに行こうかと思うが、行きたいところなど特にない。

和歌子はタブレットを弄《いじ》りはじめた。表示させた画面をこちらに向ける。

山之上《やまのうえ》家事《かじ》学校。そのロゴの下に、こんな文章があった。

「当校は男性が対象の、生活のための家事学校です」

古民家のような大きな家の前に、在学生なのか男性たちが十人ほど並んでいる写真があった。

定年後らしい白髪《しらが》の男性もいれば、まだ若い男性もいる。真ん中に立っているのは、六十代くらいの髪を紫《むらさき》に染めた女性だ。彼女が校長か、それとも先生か。

「なんだよ、これ」

「行ってみれば？　お兄ちゃん、コンビニ弁当ばかりだって言ってたじゃない。リフレッシュ休暇を利用してもいいし、ちょうど大阪だから、異動になってから通ってもいいし」

所在地をタップすると、大阪北部の住所が表示された。最寄り駅までは、市内中心部から三十分くらいだが、そこからバスで三十分。少し遠いが、まあ通えないほどではない。

受講コースを見ると、「あなたのペースで通えます」とある。

入寮コースは、一週間からはじまり、三ヶ月まで。あとは、週末のみのコースや、週一、二時間だけのコースもある。

入寮コースだと、その週の授業はすべて好きなように受けられて、ほかのコースよりもお得になると書いてあった。

もし、鈴菜が許してくれて、理央と三人の生活を取り戻せるのなら、喜んで通うだろう。だが、その可能性は限りなく低い。そう思うと、あまり乗り気になれない。

「俺、ひとりだからさ……こんなところに通う必要ないよ」

そう言うと、和歌子はきっとぼくを睨《にら》み付けた。

「ひとりだからよ！　お兄ちゃん、離婚してから、ずいぶん痩せたし、顔色も悪くなったよ。独身男性は既婚男性や独身女性と比べても、寿命が短いって聞くよ」

身内は言葉を選ばない。ぼくは返事に困る。

「お兄ちゃんのことを心配して言っているの。わたし、嫌だからね。孤独死したお兄ちゃんの死体を確認しに行くの」

「いや……家事ができるようになっても、孤独死しないとは限らないし……」

だいたい「孤独死」ということばは、なんなのだと思う。結婚してようが、子供がいようが、ひとりで死ぬ人は死ぬし、それが悪いことだとは思わない。

「『まあ仕方なかったね』と思えるくらいは、長生きして欲しいって言っているの」

言葉は強いが、和歌子がぼくのことを心配して言ってくれていることはわかる。どうでもいいと思っていれば、放っておけばいいのだ。

ぼくはその家事学校の名前を携帯電話にメモした。

「わかった。ちょっと考えてみるよ」

和歌子はタブレットをしまってから言った。

「十年経《た》っても、まだ理央ちゃんは高校生だし、二十年経ったら、潑剌《はつらつ》とした若い女性だよ。そのときに、くたびれて、身体を壊した頼りないおじさんでいるか、人生を楽しんでいる自慢の若々しい父親でいられるか、今からが勝負だと思う」

はっとした。今はまだ、理央はなにもわからないからいい。だが、十年後の理央が、今のぼくの部屋を見たり、溜まったプラゴミを目にしたら、軽蔑するのではないだろうか。彼女が会いたくないと言えば、ぼくと理央の縁など簡単に切れてしまう。

それだけは嫌だ。理央に失望されない父親でいたい。

だから言った。

「アドバイスありがとう。前向きに考えてみるよ」

独身男性の寿命だけがあきらかに短い。その新聞記事を読んだのは、まだぼくが離婚する前の話だった。だから、そのときはあまり深くは考えなかったのだ。

かわいそうにと思い、自分はその枠に当てはまらなくてよかったと考えた。まさか数年後、自分に突き刺さってくるとは思わなかった。

所得はあきらかに女性の方が低いのに、独身女性と既婚女性の間には大きな差はなく、むしろ独身女性の方が長生きする傾向があった。

独身男性の中でも、ずっと独身である人はまだ少しマシで、死別が最悪だ。

理由は自分を振り返れば、だいたいわかる。離婚後、ぼくは酒量が増え、食生活が荒れた。孤独は身体に悪い。そう実感する。

だが、なぜ、独身女性はそうはならないのだろう。

特に長生きしたいわけではない。だが、和歌子のことばは身に染みた。たぶん、十年や二十年でぽっくり死ねるわけではない。だから、そのとき、理央に嫌われるような父親でありたくはないのだ。

第二章　家事ってなんだ？

三月のはじめ、ぼくは大阪にやってきた。

引っ越し先を探すために、不動産会社に行き、物件を何軒か回った。東京に比べると、かなり家賃が安い。特別な条件もないから、職場に近い1LDKにすぐ決めた。

夕方からは、「山之上家事学校」の説明会に行くつもりだった。

慣れない私鉄に乗り、目的の駅で降りて、バスに乗り換える。バスは三十分に一度しかない。決して便利な場所とは言えないなと考える。

住宅街を走った後、バスは広くて新しいトンネルに入った。トンネルは十分くらい続いただろうか。いきなり、のどかな山里のような景色が現れた。

美しい渓谷《けいこく》と、山間に広がる畑。果樹園もある。

たしかに近くはないが、都心から一時間足らずで、こんな景色が見られるのかと思った。

目的のバス停で降りたのは、ぼくと、もうひとり若い大学生くらいの青年だった。

地図をプリントアウトしてきたが、家事学校までは一本道で、地図を見る必要もない。

五分ほど歩いて「山之上家事学校」と書かれた門を見つけた。古い門の閂《かんぬき》を自分で外して、中に入る。門を閉じようとしたとき、さっきの青年が少し後ろを歩いているのが見えた。彼もここにくるのだろうか。

招き入れるのも妙だから、ぼくはそのまま背を向けて歩き出した。

とたんに足下に、白い生き物が飛び出してきた。鶏《にわとり》だった。

生きている鶏を見たのは子供のとき以来という気がする。もちろん、写真や映像では見ていたが、地べたをついばみながら歩く姿に、ぼくは戸惑った。

横を通って突《つつ》かれないだろうか。おそるおそる通り過ぎようとすると、鶏はなぜか羽根を広げて、こちらに向かってきた。あきらかに威嚇《いかく》だ。

急いで地図に書いてあった母屋《おもや》の方に走った。追い払ったことに納得したのか、鶏はそれ以上追ってこなかった。

ぼくは首を傾《かし》げた。家事の学校と言っても、鶏を飼うところからはじめるのは、あまりにも時代錯誤すぎないだろうか。

ようやく母屋に辿《たど》り着いて、ぼくはインターフォンを押した。

引き戸が開いて、紫の髪の女性が顔を出した。写真に出ていた人だが、写真で見るよりも小柄に見える。

「いらっしゃい。仲上《なかがみ》さん？　それとも、猿渡《さわたり》さん？」

「仲上です」

後ろに建つ大きな民家のように見える学校の中に案内され、玄関脇の洋室に通された。

「ええと、仲上さんは東京の方ね」

「でも、四月から大阪に異動になるんです。もう物件を決めてきましたし、引っ越しの日程も近いうちに決めるつもりです」

女性は時計を見た。

「もうひとりいらっしゃるから、その方が到着したら、説明をはじめましょう。でも遅いわね。バスは三十分に一本しかないから、遅刻しない限りは、ほぼ同時刻に到着するはずなのに」

そう言われて、ぼくはぴんときた。

「あの……若い男性と門のところまで一緒だったんです」

「あら」

女性は目を見開いて、まばたきをした。

「じゃあ、どうしてこないのかしら」

「ええと……くる途中、鶏に威嚇されたんですが……」

女性は、あわてて立ち上がった。

想像通り、青年は庭の真ん中で鶏と向かい合っていた。

「こら！　おっぽ！　なにしてるの」

おっぽと呼ばれた鶏は、大人しく女性に抱きかかえられた。

「ごめんなさいねえ。いつもは鶏小屋に入れておくんだけど」

青年はふてくされたような顔で、ぺこりと頭だけ下げた。

「わたしは校長の花村《はなむら》です。よろしくお願いしますね」

おっぽは無事、鶏小屋に入れられた。もう一羽鶏がいて、ぼくは「庭には二羽鶏がいる」などと思った。

猿渡と呼ばれた青年とぼくは、学校についての説明を聞いた。

授業は、六人までの少人数制、カリキュラムは一ヶ月前に決められて時間割が配布される。入寮コースの人は、その期間の授業は好きなように受けられる。週末コースの場合は、土日の授業を受けられる。週一や週二のコースだと、決まった時間の授業しか受けられない。どのコースでも、三日前に振替希望を出せば、他の時間の授業に振り替えることができる。

「やはり入寮コースをおすすめしています。生活のための学校ですからね。ここで、洗濯や掃除をして、家に帰ってまたやるのも大変でしょうし、なによりも習慣が身につくことがいちばん大事です」

たしかに週一や週末だけ、こちらに通ってくるのも面倒な気がする。ぼくには時間もあるし、寮に入って、二週間くらいみっちり教えてもらった方がいいかもしれない。

「なにか質問はある？」

花村校長にそう尋ねられたので、ぼくは手を上げた。

「寮というのはどちらですか」

「向かいにあるアパートです。バストイレは部屋の中にありますし、個室だから、一人暮らししているのと変わらないと思うわよ。でも、お風呂はユニットバスだから、学校のお風呂に入る人が多いわね」

「こっちにもお風呂があるんですか？」

「もともと、ここは旅館だったから、広めのお風呂がついているの。掃除の実習をして、授業の後、入りたい人がいたら、お湯を張って入っていいことになっています」

離婚してからは、ユニットバスの部屋で生活していて、シャワーばかりだった。足を伸ばせるような湯船に浸かりたいとずっと思っていた。

二人部屋や三人部屋で過ごすのは気詰まりだが、個室なら寮に入ってもいいかもしれない。

「入寮希望なら、後で寮の方も案内するわね。他に質問は？」

そう言うと、ずっと黙っていた猿渡が口を開いた。

「あの、ここは男性しか入れないんですよね」

「完全にそういうわけではないんですけど、男性のための学校として作られて、運営しています」

「それって、差別じゃないんですか」

花村校長は何度かまばたきをした。柔らかかった雰囲気が、急に張り詰めた気がした。

「差別って、なんの？」

「女性が入れないのだとしたら、女性差別だけど、考え方を変えると、男性だけが家事を学ぶべきだと思っていることで、それは男性差別でもあると思います。女性は勉強しなくても、家事はできるけど、男性は勉強しないとできないと考えているんでしょう」

花村校長は笑みを浮かべていたが、ただ優しく微笑《ほほえ》んでいるわけではないことはぼくにはわかった。

それにしても、いったい、この猿渡という青年は、説明会まで聞きに来て、なんでこんなことを言いだしているのだろうか。

「猿渡さんは女子大も差別だと思っているの？」

「思ってますよ。超弩級《ちょうどきゅう》の男性差別です。男子大というのはないんだから」

「じゃあ、男子高は？　多くの、進学校の男子高は女性を募集してないわよね」

「それは女子高もあるから、同じことです」

　花村校長は話し続けた。

「女子大が生まれたのは、昔の大学が男性中心だったからです。女性が高等教育を学ぶことが難しかったから、女子大という形で、サポートすることが必要だった。うちが、男性中心という形を取っているのも、同じ理由です。女性は、比較的家事を学びやすい環境にある。なんなら家政大学もある。だが、男性はそういう環境にない。あなたは、男女関係なく家庭科が受けられた世代だろうけど、うちにはもっと上の世代の生徒さんもくる。その人たちは、家庭科の授業を受ける権利さえなかった」

　ぼくはぎりぎり家庭科を学べるようになった世代だと聞いた。その前は、木工などの授業を受けていたらしいが、木工と料理では、人生における重要さがまるで違う気がする。

「でも、ここで勉強したい女性もいるでしょう」

　猿渡はなおも食い下がる。ここが気に入らないなら、別にこなくてもいいのに、なぜそんなことを言うのだ、と、少しイライラした。

「ええ。連絡をいただくこともあるから、その場合は別の家事教室をご紹介することにしています」

「どうしてですか？」

「女性が多くなると、男性が入学するハードルが上がるということがいちばん大きな理由。

男性ばかりだからこそ、自分が通ってもいい場所だと思える。あなたはそうじゃなかった？」

たしかに、ここが男性のための学校と銘打たれてなかったら、ぼくはこようとは思わなかったかもしれない。

猿渡が黙り込んだところを見ると、彼もそうだったのかもしれない。

「入学手続きは、今でもいいし、後からでも大丈夫です。この後、校内と寮をお見せするけど、寮に興味がなければ、お帰りになってくださっても問題ありません」

てっきり、猿渡は帰るとばかり思っていた。だが、彼は言った。

「寮も見せてください」

花村校長は驚いた顔をしなかった。笑顔でソファから立ち上がった。

「じゃあ、まずは学校内からね」


学校内には、広い厨房《ちゅうぼう》があった。

旅館だったというのも納得する。十人くらい一緒に調理をしても、余裕がありそうだ。

授業に使われているという教室は板張りで、中高生のとき使っていたような、簡素な机と椅子が並んでいる。

それから、少人数の授業のとき使うという、畳の部屋がいくつか。

その後、寮の方も見せてもらった。六畳一間にミニキッチンとユニットバスがついた古いタイプのアパートだが、個室なのはそれだけでありがたい。どうせ、何ヶ月も住むわけではない。何週間かのことで、それならば不満はない。

その場で入学の申し込みもできるというから、ぼくは記入していくことにした。学費は後日振り込みでかまわないという。猿渡は考えるのかと思ったが、彼も申込書を書くことを選んだ。

記入が終わったとき、和室から笑い声が聞こえてきた。

花村校長がちらりと時計を見た。

「バスでお帰りになるでしょう。ちょっとまだ時間があるから、今きてる生徒さんに会っていきますか？」

ぼくたちの返事を待たずに、校長は襖《ふすま》を開けた。

和室のテーブルを囲んで、年齢もばらばらな男性たちが五人座っていた。

上は七十代くらいから、ぼくと同世代の男性もいて、二十代くらいの若者もいる。

「みんな、ちょっと聞いて。来週からいらっしゃる新しい生徒さんたちです」

校長がそう言うと、五人は思い思いに軽く頭を下げた。

彼らの顔よりも、ぼくはテーブルに並んだ料理の方に目を奪われた。

味噌汁《みそしる》、青菜のおひたし、切り干し大根の煮物、豚肉と茹《ゆ》で卵の煮込み。食卓の真ん中には白菜の漬け物まである。

あまりにおいしそうで、思わず唾《つば》を飲み込む。

「午後の授業には必ず調理実習があるから、夕食はここでそれを食べられます。もちろん、強制ではありませんが」

見れば缶ビールも置かれている。授業が終われば、酒を飲むのも自由なのだろう。

ぼくと同じくらいの年齢の男性が言った。

「まあ、予定がない限りはみんな食べますよ。ここで教えてもらう料理はおいしいし、上下関係なく、のんびり話ができるのも楽しい。ぜひ、お待ちしてますよ」

ぼくは「よろしくお願いします」と頭を下げた。猿渡は黙ったまま、ひょこりと頭だけ動かした。

空腹を抱えたまま、学校を出て、バス停に向かう。猿渡が口を開いた。

「どうして、この学校にこようと思ったんですか?」

いきなり人に質問する前に、自分のことから話したらどうだとは思ったが、まあ十代の頃の自分も礼儀正しかったとは言えない。

「離婚して、自分のことは自分でやらないといけなくなったし、自分の面倒もみられなくなって孤独死するのも嫌だからねえ」

孤独死という単語には抵抗を感じるのに、それでも人にはそう言ってしまう自分が嫌になる。雑に使えて、伝わりやすいことばなのかもしれない。

「でも、家事を外注することだって、できるでしょう。俺の保護者はそうしてます」

外注する。まったく考えなかったわけではないが、あまり現実的とは思えなかった。

「家に知らない人が入ってくるのは面倒くさくないか？」

そう。面倒くさいから、家事を放置しているのに、人を呼ぶのはまた面倒を抱え込むことだ。自分のまわりの独身男性でも、家事を外注している人間などいない。

夫婦共働きで子供を持っていて、週に一度家事サービスを呼んでいるという人なら知っているが、そのくらい切羽詰まらないと、選択肢には浮かばないと思う。

彼が黙り込んだので、ぼくは反対に尋ねてみる。

「猿渡くんだって、家事学校に行くんだろ」

「行きたくて行くわけじゃないです。大学が京都になって、一人暮らしをすることになったので、保護者がその前にひととおりできるようになっておけって……。まあ、学生だと外注はできないし」

彼には大阪のアクセントはまったくない。東京の人間かもしれないと思う。

「保護者」とあえて言うのが、少し不思議な気がしたが、複雑な事情がありそうなので、こちらも触れない。

「まあ、俺は離婚してから一年、いろいろ荒《すさ》んだ生活してしまったので、実感するけど、やっぱり家事はできないよりは、できた方がいいよ」

若いうちからやっていれば、ぼくみたいに結婚に失敗することもないかもしれない。

猿渡はぼくのその言葉には返事をしなかった。


引っ越しは何度もしたことがあるが、家族がいるときの引っ越しと、単身のときの引っ越しでは労力がまるで違う。

あっけないほどの身軽さで、ぼくは大阪に引っ越した。

家電なども離婚したときに、最低限のものを入手しただけで、あとは本と服だけ。しかも、家族で住んでいた3LDKのマンションを引き払い、ワンルームの部屋に引っ越したとき、どうしても必要なもの以外は処分した。

一年間住んだ部屋には、少しも愛着がなかった。ただ、穴蔵に帰って眠るだけといった感じで、そこを心地よい場所にしようとは思わなかった。

変われるのだろうか。鬱々《うつうつ》とした毎日ではなく、結婚していたときのように生活していることを楽しいと感じられるようになるのだろうか。

今はまだ少しも実感が持てなかった。

山之上家事学校に向かったのは、入学する前日の最終バスでだった。

荷物はキャリーバッグひとつ。まあ、なにか足りなければすぐ自宅に取りに戻れるくらいの距離だ。

今日は鶏たちは小屋に入っているらしく、声さえしない。到着時間は連絡してあったから、母屋で鍵をもらい、寮の自分の部屋に入る。

とりあえず、二週間はここがぼくの城になる。たった二週間で変われるかどうかはわからないが、その後も土日だけだとか、夕方一時間だけなど、自分の望む形で授業は受けられるという。

たしか、猿渡も明日から入学だと聞いた。もらったカリキュラムを壁に貼る。

明日の一時限目は、洗濯の授業だと書いてある。二時限目は調理実習。

必修の授業がいくつかあり、その中に自由選択の授業もある。やはりいちばん回数が多いのは、調理実習だ。一日に午前、午後の二回は必ずある。

自由選択の授業は、編み物や、育児研修から、消火活動まである。編み物をやろうとは思わないが、意外に幅が広い。

子供のヘアアレンジなどという授業を見つけて、どきりとした。保育園に行く前、理央は色とりどりの髪ゴムで髪を結んでほしいと鈴菜にねだっていた。

鈴菜は時間のないときはふたつ結びにして、時間のあるときは、三つ編みにしたり、お団子を作ったり、可愛い髪型にしてあげていた。

それを微笑ましく見ながら、ぼくは一度も、自分がそれを理央にやってあげることなど想像もしなかった。

今はもう、覚えたって使う機会などこないけれど。

シャワーを浴びて、置いてある布団を敷く。新しい部屋ではないが、布団は自宅の布団よりもふかふかで、太陽の匂いがした。干したばかりの布団だ、と思う。

引っ越しの疲れが溜まっていたのかもしれない。ぼくは吸い込まれるように眠りに落ちていった。


翌朝は鶏の声で目を覚ました。

身体を起こして、ためいきをつく。顔を洗い、前日に買ってきた菓子パンと牛乳で朝食にした。

幸い、コンビニエンスストアはバス停の近くにある。もう少し歩けばスーパーもあるし、そこまで不便なわけではない。

持ってきた荷物を使いやすそうな位置にしまうと、授業時間が近づいてきた。筆記用具と携帯電話だけを持って、ぼくは学校に向かった。

玄関で靴を脱ぎ、中に入る。一階の和室では、また生徒たちがお茶を飲んで喋《しゃべ》っていた。

そこに交じろうとすると、同世代に見える体格のいい男性が言った。

「おはよう。一時限目は、新入生は二階で授業だよ」

「一緒じゃないんですか？」

「うん、ほとんどの授業は一度受けたらそれで終わりだから。俺たちは実習をやる。もし、洗濯物があったら持ってきたらいいよ。一緒に洗うから」

きたばかりだから、さすがに出すようなものがないし、なにより知らない男性に自分の汚れ物を洗ってもらうのは気が引ける。

「二時限目の調理実習のときにまた会おう」

「よろしくお願いします」

和室を出ると、ちょうど猿渡が階段を上がっていくところだった。よく見れば、玄関にある黒板に、新入生は二階の柳の間、それ以外は実習と書いてある。

ついでに、調理実習のところに、「煮込みハンバーグ、グリーンサラダ、キャベツのスープ」という文字を見つけた。料理はまったくできないわけではないが、自分ではなかなか作らないメニューだ。少し楽しみになる。

二階に上がって、柳の間という部屋に入る。和室に、机と椅子が二セットだけ置いてあった。前方にはホワイトボードがあった。

猿渡は片方の席に座って、ノートと筆記用具を出している。ぼくも空いている方に座る。

「おはよう。これからよろしく」

猿渡は、ぴょこっと頭だけ下げた。

時間ちょうどに、花村校長が入ってきた。

「おはようございます。これからよろしくお願いします」

よく通る声で言う。

「お二人とも、はじめてですから、まず、この学校での家事の定義をお伝えしますね」

家事の定義なんてわざわざ言うまでもないだろう。そう思ったが、校長は話し続ける。

「家事とは、やらなければ生活の質が下がったり、健康状態や社会生活に少しずつ問題が出たりするのに、賃金が発生しない仕事、すべてのことを言います。多くが自分自身や、家族が快適で健康に生きるための手助けをすることで、しかし、賃金の発生する労働と比べて、軽視されやすい傾向があります」

そんなふうに考えたことはなかった。ぼくは背筋を伸ばした。

「フルタイム労働をしていると、どうしても家事は後回しになってしまいます。やる気のあるなしだとか、几帳面《きちょうめん》さだけの問題ではなく、長時間労働をやりつつ、家庭の仕事までやるのは、ハードルが高いのです。今の日本は、家庭に一人専業の家事労働者がいるという前提で、社会のシステムが形成されています」

できないこと、やっていないことを責められるとばかり思っていたが、そう言われたことで、少しだけ罪悪感が和らぐ。

「でも、社会のシステムがそうなっているからと言って、おろそかにすると、健康状態や快適な生活の維持に問題が出てくるかもしれません。この学校では家事の技術をお教えします。生徒さんの普段の生活に取り入れる場合は、そこまでできないと思われることもあるかもしれません。でも、普段の生活で、それを完璧にこなさなければいけないわけではなく、日常的には、取り入れられるところだけ、取り入れればいいのです。知識の少ない状態よりも、知識や経験がある方が、効率もよくなりますから」

ふいに猿渡が手を上げた。

「質問していいですか」

「どうぞ」

「校長は、家事を外注することについて、どう考えていますか」

この前も猿渡は、ぼくに外注しないのかと聞いた。なぜ、それに拘《こだわ》るのだろう。

校長はにっこりと笑った。

「社会全体で、ある特定の人に家事労働をさせることには反対です。たとえば、移民をたくさん入れて家事従事者として雇い入れるとかね。でも、ひとりひとりの人間には事情がありますし、向き不向きもあります。仕事の忙しい人や、料理や掃除の苦手な人が、お金を払って家事代行サービスを利用するのは、なんら責められることではないと思いますよ。先ほども言ったように、長時間労働をしながら、家事もやるのはハードルが高いことですから。でもね」

校長は、息を吸って、また口を開いた。

「家事が人間にとって必要な労働だと考えない人は、お金を出して、それをしてもらおうとも思わないでしょうね。それに、人に頼むのも実はそんなに簡単なことじゃない。どうしてほしいか、この時間でどのくらいの労働をしてもらえることが適切かを知らなければ、外注も難しいと思いますよ。たとえば、週に二時間だけきてもらう人に、あらゆる家事を全部こなしてもらうのは難しいでしょう。外注をするからといって、家事のやり方をまったく知らなくてもいいとは思いません」

よく質問を受けるのか、校長の答えもなめらかだった。猿渡はまだなにか言いたそうにしていたが、それ以上は質問しなかった。

「わかりました。ありがとうございます」

「せっかく、授業料を払ってきているのですから、ぜひ、生活に役立つことを持って帰ってください。そして、くれぐれも、ここで得た知識を、誰か……家族でも、知らない誰かでも、別の人ができていないことや、完璧でないことを責めるために使わないでください。自分自身ができなかったときにも、できないことを責めないでください。もし、そういうことに使うなら、知識や技術は、生活を豊かにすることではなく、貧しくする方に働いてしまいます」

はっとした。そんなことを考えたことはなかった。これまで後悔ばかりしてきた。家事学校にきたら、できないことを責められるのではないかと思っていた。

なんとなくわかってきた。ここは、ぼくが頭で思い描いていたような家事学校ではない。

「さあ、じゃあ洗濯の授業を始めましょう。まずは洗濯表示の読み方からね」

校長はそう言って、コピー用紙をぼくと猿渡に配った。

洗濯表示くらい知っている。そう思ったが、紙に並ぶ記号を見て、ぎょっとした。なにもわからない。いや、見たことがないわけではない。洗面器のようなマークも、四角いマークも、三角のマークも目にしたことはある。だが、なんの意味かはわからない。

ワイシャツはクリーニングだし、普段着はてきとうに洗っていた。

洗面器のマークは、てっきり手洗いだと思っていたが、その横に「洗濯機での洗濯可能」という文字を見て、頭を抱える。

三角が漂白剤に関する印だなんて、知識がなければ絶対にわからない。

ぼくはおそるおそる手を上げた。

「なんですか?」

「あの……これ、ぼくが知っているものとは少し違うような……」

たしか昔、家庭科の授業で習ったのは、こんな記号ではなかった。花村校長はにっこりと笑った。

「二〇一六年の十二月製造分の衣類から、変更になりました。だからまだ新しいわね」

つまり、ぼくが学校で習ったぼんやりした知識はもう役に立たないわけだ。ためいきが出る。

もしかすると、調理実習などで覚えた知識もそうかもしれない。歴史の年号が変わるように、家事の知識もどんどんアップデートしなければならないのだろうか。

ぼくは気持ちを引き締めて、コピー用紙に視線を落とした。


洗濯表示だけではなく、いろんなことを習った。予洗いの仕方、洗剤の種類、衿《えり》や袖口《そでぐち》の汚れの取り方。液体洗剤よりも粉末洗剤の方がよく汚れが落ちるなんて、知らなかった。洗濯洗剤など、だいたいどれも同じだと思っていた。

最初に、日常生活ではすべての家事を完璧にやらなくてもいいのだと言ってもらえてよかった。そうでなければ、この授業だけでへこたれていたかもしれない。

授業を受けながら、鈴菜のことばかり考えた。

今は、たまにしかワイシャツを着ないから、クリーニングに出しているが、彼女と一緒に生活していたときには、形態安定のものを買って、家で洗っていた。形態安定といえども、洗うとやはり皺《しわ》ができて、彼女はそれにきちんとアイロンをかけてくれていた。衿や袖口の汚れなども気にしたことがなかったから、彼女がきちんとやってくれていたのだろう。

それなのに、ぼくは洗濯機に入れて、ボタンを押せば終わるものだと思っていた。

一時間の授業が終わり、二十分の休憩になる。

調理実習は一時間半だと時間割に書いてあった。猿渡は、筆記用具を持って、さっさと部屋を出て行ってしまった。

一緒に授業を受けているのに愛想が悪いと思ったが、まあ中高生ではないのだから、休み時間も仲良くしなければならない理由はない。

一階に降りると、また和室に他の生徒たちがいるのが見えた。

先ほど会話をした体格のいい男性が、片手を上げた。

「授業終わった？　あの若い子は？」

「さあ……どこかで時間潰しているんじゃないですか」

彼はその答えには興味を示さずに、玄関に置かれたラックを指さした。

「そこに、今日の調理実習のレシピが入っている。前日の夜からあるから、予習もできるよ」

言われた通りラックに置かれた書類ケースを開ける。

調理実習は一日二回。午前は煮込みハンバーグで、午後は鰺《あじ》の南蛮漬けが中心になった献立だ。考えて、午前の方だけを取る。今日は書類を綴《と》じるファイルを持ってきていないから、汚したりなくしたりしてしまいそうだ。

和室に座って、レシピを読む。キャベツのスープは材料を刻んで炒め、煮込む。サラダは野菜を洗って、水気を切り、ドレッシングを作るだけ。ハンバーグは、挽肉とつなぎをこねて焼き、トマト缶でソースを作って煮込む。レシピ自体はさほど難しいものではない。これならぼくでも問題なくできるだろう。

料理はできないわけではない。いざというときに、やる気を出せばこのくらいは作れる。ただ、なかなかその気にならないというだけだ。

時間になると、みんなが厨房に移動する。ぼくもそちらへ向かう。いつの間にか、猿渡も後ろからついてきた。

厨房にいたのは花村校長ではなかった。三十代くらいの男性だ。

「じゃあ、みんな、準備を始めてください」

エプロンを着ける人もいるが、そのまま手を洗いはじめる人もいる。全員が近くのシンクで手をきれいに洗いはじめたので、ぼくも順番を待って手を洗った。洗い終えて蛇口を止めようとすると、男性の先生が言った。

「指の間まできれいに洗いましたか？　あ、はじめまして。ぼくは講師の岡村《おかむら》です」

少しぽっちゃりとしていて、人懐っこそうな顔をしている。ぼくも自己紹介をした。

そう言えば、新型コロナのパンデミック初期は指や爪の間まできれいに洗うことを心がけていたが、いつのまにか適当になっている。

見れば、他の生徒は、もう野菜を冷蔵庫から出したり、ボウルや容器を洗ったりと準備を始めている。なにをするか、先生から指示されるものだと思っていたぼくは、呆然《ぼうぜん》とした。

岡村先生は、米を量《はか》ろうとした生徒に声をかけた。

「新しい人にやらせてあげて」

先生が猿渡に、米の量り方と研《と》ぎ方を教える。今日は生徒が六人いて、あとふたり食べるから八人分で四合の米を研ぐ。

猿渡の様子を見ると、彼はまったく料理をしたことがないらしい。

ぼうっと突っ立っていると、七十代くらいの柔和な顔をした白髪の男性が声をかけてきた。

「ソースの野菜を切るのを一緒にやりましょうか」

「あ、はい、ぜひ」

ほっとする。ここでは、自分でやることを見つけて、動かなければならないらしい。

白髪の男性は鷹栖《たかす》と名乗った。ぼくも名乗る。

「仲上です。よろしくお願いします」

玉葱《たまねぎ》とにんじんの皮を剝《む》き、ズッキーニと一緒に小さめの角切りにする。

「タカさん。玉葱もらえる？　ハンバーグ用に」

そう言ったのは、先ほど会話した体格のいい男性だ。

「はい。白木《しらき》さん、ひとつでいいですか？」

「一個半あると助かる」

「じゃあ、残り半分はソースに入れましょうか」

ふたりがそんなことを言っていると、キャベツスープの準備をしていたグループが言う。

「うちも玉葱使うから、残ったら引き受ける」

野菜を切り終わると、ぼくはまた立ち尽くしてしまった。

鷹栖は、いつの間にかキャベツスープの準備を手伝っている。

誰もがてきぱきと、言われなくても自分のやることを見つけて働いている。ぼくは低く唸《うな》った。なにをしていいのかわからず、棒立ちになる。

この感覚には覚えがある。うまくいっている仕事のチームに、途中参加したときと同じだ。だとすれば、そのときと同じように振る舞えばいい。

ぼくはレシピを手にとって、熟読した。ソースは野菜が切られただけで、まだ火にかけていない。

ぼくは岡村先生に尋ねた。

「ソース作りはじめていいですか？」

「ちょっと待ってね。白木くん、玉葱炒《いた》める？」

「あ、炒めます。ちょっと待ってください」

たしかに、手順は大切だ。コンロは四口あるが、ガス台の前に立てるのは二人までだ。

白木が玉葱を炒め終わると、岡村先生が言った。

「ソース作りはじめていいよ」

野菜を鍋に入れようとすると、鷹栖が気づいたように言った。

「にんにくは？」

あわてて、レシピを見る。たしかににんにくのみじん切りを一緒に炒めると書いてある。

火を止めて、にんにくを刻みはじめる。そのうちに、キャベツスープのグループがスープを煮込みはじめた。

残りのメンバーはハンバーグを成形しはじめる。岡村先生は、猿渡につきっきりで教えている。どうやらサラダのレタスを千切っているらしい。

ようやくにんにくを刻み終わった。鍋に火をつけ、オリーブオイルを入れてにんにくを炒める。いい匂いがしてきたところで、他の野菜を投入し、軽く火が通ったところに赤ワインを入れ、アルコールを飛ばした後、トマト缶を入れる。

いつの間にか、岡村先生が後ろに立っていた。

「味付けを忘れないようにね」

そうだ。すっかり忘れていた。ブイヨンキューブと塩胡椒《しおこしょう》。

鷹栖が緑の枝をソースに入れる。爽《さわ》やかな香りが立った。

「これは？」

「ローズマリーです。庭で校長先生が作っているんですよ」

スープとソースの鍋を四口あるコンロの奥の五徳《ごとく》に移す。白木と二十代くらいの若い男性が、フライパンを手前の五徳にふたつ並べて、二人がかりでハンバーグを焼きはじめる。

八人分だから、なかなか大変だ。

岡村先生が手招きをした。

「仲上さん、サラダを作るのをやってもらえますか」

猿渡は眉間に皺を寄せて、ドレッシングの分量を量っている。見れば、ボウルに氷水と千切ったレタスが入っている。

「レタスの水気を切ってください」

先生は、そう言ってなにやら取っ手のついた丸い容器をこちらに渡した。

「これは？」

「サラダスピナーですよ」

先生は蓋を開けて、中にレタスを入れ、取っ手をぐるぐる回した。何度か回した後、レタスを乾いたボウルに移す。どうやら遠心力で水気を切るらしい。

言われた通り、レタスをサラダスピナーの中に入れる。

「あまりたくさん入れすぎると、水気が残りますから、適量ずつね」

こんな器具を使うのははじめてだから、どれくらいが適量なのかわからない。だが、繰り返すうちにコツがわかってくる。たしかに多く入れると、水気が残っている。横着をしてはいけないということだ。

猿渡は、小さな泡立て器でドレッシングを混ぜている。

「油と酢をちゃんと乳化させると、ドレッシングがおいしくなるんですよ」

猿渡は先生の言葉に、少し興味を持ったような顔をした。

「油の粒子が細かくなるからですか？」

「そう。その通り、料理は科学ですからね」

だとすれば、サラダスピナーを使ってまでレタスの水気を切るのも、おいしさの秘訣なのだろうか。

水気を切ったレタスは、ペーパータオルを敷いた保存容器に入れ、盛りつけるときまで冷蔵庫にしまう。ドレッシングも食べる寸前に和《あ》えるらしい。

「じゃあ、仲上さん、食器の準備をしてくれる？　あそこに食器があるから」

言われた棚を開ける。スープ、サラダ、ハンバーグ。サラダはガラスのボウル、スープはスープカップがよさそうだ。ハンバーグ用に、白い皿を出していると、五十代くらいの男性が近くに来て言った。

「煮込みハンバーグだから、深い容器の方がいいですよ」

あっと思う。ハンバーグと言えば、平皿というイメージしかなかった。彼が出したのは、南欧風の模様のついた深皿だった。たしかに煮込みハンバーグやロールキャベツなどに合いそうだ。

「えーと、仲上さんだっけ、ソース作ったの」

顔を上げると、白木が手招きをしている。

見れば、すでにハンバーグと一緒にソースが煮込まれている。

「ちょっとこれでいいか、味見してくれる？」

言われた通り、小皿で味を見る。少し物足りない気がする。

「塩をもっと足した方がいいですかね？」

「それより、ケチャップやウスターソース足すといいんじゃないかと思ってさ」

それは名案だが、レシピにはそんなことは書いてない。

「そんなことしていいんですか？」

「いいよ。ここは料理教室じゃないんだから。人と協力して、最後まで作る実習なんだから」

そういえば、岡村先生も経験のない猿渡に細かいことを教えたり、ぼくにやることを指示したりするだけで、コンロの方には近づきもしない。

「まあ、オリジナリティを出しすぎて、失敗すると、全員の食事が台無しになるから、問題ない程度にだけど」

ケチャップやウスターソースを足すくらいでは、おいしくなることはあっても、失敗はしないだろう。

白木は、冷蔵庫からケチャップとウスターソースを出してソースに足し、混ぜてから、また小皿に少しソースを入れた。

味見する。先ほどよりも断然おいしい。

「旨《うま》いです」

「よし、じゃあこれで煮込もう」

白木がどうして、ぼくを呼んで味見をさせたか、ここにきて気づく。勝手に味を調整され、それが自分で作るよりもおいしくなっていたら、ちょっと落ち込んでしまうような気がする。もちろん、そんなことで腹を立てたりはしないが、こうやって一緒にやることで、気持ちよく料理ができる。白木の気遣いだ。

見れば、他の生徒たちは、使った調理器具を洗って片付けはじめている。

まぶしい。あまりにもまぶしすぎる。

自分もこんなふうになれるだろうか。そう思わずにはいられなかった。


食事は、生徒だけでなく、岡村先生や花村校長も一緒だった。

花村校長はハンバーグを一口食べて、柔らかい笑顔を浮かべた。

「よくできていますよ。とてもおいしいです」

サラダを食べて驚く。レタスにプチトマトを添えただけのなんの変哲もないサラダだが、レタスがしゃきしゃきして、それにドレッシングがうまく絡んでいる。自分がこれまで作ったことのあるサラダと全然違い、外食で食べるサラダみたいだ。

氷水に晒《さら》し、サラダスピナーで水気を切ってから、食べる直前まで冷やし、そして食べる寸前に丁寧《ていねい》にドレッシングと和える。それだけでこんなに違うのだろうか。

もちろん、毎日、自分が食べるためだけにはそんなことまでしない。だが、誰かにおいしく食べてもらいたいと思ったとき、知識があれば、同じ材料でもよりおいしく作れるのだ。

ハンバーグも柔らかくてとてもおいしかった。ソースにウスターソースを足したことで、ごはんととても合う。

「煮込みハンバーグだと、少し早めに作っておいて、家族が揃《そろ》ってからあたためても、おいしく食べられますからね」

なるほど、だから煮込みハンバーグなのか。普通のハンバーグなら、やはり食べる寸前に焼く方がいい。

ここは料理教室ではない。先ほどの白木のことばを思い出す。おいしい料理を作る技術も教わるが、日常的に料理を作れるようになるための教室なのだ。

食べ終えると、校長がぼくと猿渡に言った。

「後片付けは、三人で手分けしてやることになっているの。みんなと相談して、不公平のないように、後片付けに参加してね」

白木と鷹栖が食器を集めはじめたから、ぼくは手を上げた。

「あ、ぼくもやります。早く慣れたいんで」

食べ終えた食器をトレイにのせて、厨房に持って行く。八人分はさすがに多い。

「わたしが洗いますよ。仲上さんは食器のある場所を覚えた方がいいので、食器をしまう係を担当するのがいいんじゃないですか？」

「じゃあ、俺が拭きながら、仲上さんに食器の場所を教えるよ」

鷹栖は油ものとそうでないものを分け、飯碗とスープカップから洗いはじめる。最初はすることがないので、鷹栖の手元を後ろから見る。

白木は布巾で丁寧に水気を拭いていく。

「別にひとつひとつしまわなくてもいいよ。いくつか溜まったところで」

「わかりました」

飯碗の場所は先ほど覚えた。四つをまとめて棚にしまう。白木が言うのが聞こえた。

「ここは上下関係なんかないし、敬語じゃなくてもいいよ」

ぼくは残りの四つを手に取りながら言う。

「でも、鷹栖さんは敬語ですよね」

「わたしはその方が話しやすいんですよ。どちらを強制されることもないんです。相手に失礼なことさえ言わなければね。丁寧語を使いたければ使えばいいし、気楽に喋りたければ喋ればいいんです」

ぼくは、少し考えた。やはり敬語の方が今は話しやすい。もう少し親しくなれば変わるのかもしれないが。

食器を片付けていると、校長が厨房にやってきた。

「仲上さんって、車の運転はできたわよね」

「はい、できます」

「じゃあ、後で買い物に行ってくれる？　猿渡くんと岡村先生と」

生徒が猿渡と二人ということは、これも実習の一環なのだろう。ぼくは頷《うなず》いた。

「わかりました」

第三章　猿渡の抵抗

はじめての車でハンドルを握るのは少し緊張する。しかも、ぼくは離婚したとき自分の車を手放してしまい、たまに仕事で乗るだけだ。

とはいえ、家事学校のまわりは畑ばかりであまり車も走っていない。道は整備されているから、落ち着いて運転できる。

後部座席で、岡村先生は猿渡に説明をしていた。

「これからお二人には、手分けして今日の夕食の買い物をしてもらいます。なにを買えばいいかは、これから渡す買い物リストに書いてありますが、スーパーの商品は流動的だから、それがない場合もあるし、高い場合もある。その場合は自分で考えて代用になる品を選んでください。レジを通す前に、一度、見せてもらうけれど、それが正解かどうか判断するという話ではないので、安心して」

「つまり、好きなものを買ってもいいってことですか？」

猿渡の質問に先生は笑った。

「もちろん、後で問題が発生しそうな場合は、変更させてもらうけど、それはあくまでもこちらの事情ですからね。買い物には完全な正解や不正解もない。その場の状況に合っているか、合ってないか。慣れているか、慣れていないかというだけのことです」

「正解や不正解はない？」

「そう。まあ、あるとしたら、砂糖と塩を間違えたりすることだけど、それは単なる失敗です。たとえば、高くておいしい牛肉があるとして、それを買うのが正解の家庭もあるし、不正解の家庭もある。もちろん、その家ごとに違うだけではなく、その日が誰かの誕生日なら、見切り品の安い肉より、高級品を買う方が正解になる場合だってあります。いくら安くて質のいい魚が売っていても、調理に手がかかるのなら、くたくたに疲れているときに買うのは不正解です。安いからといって、家族が嫌いなものを買うのはいい結果にならない」

　そのくらい当たり前。そう言うのは簡単なことだ。だが、こうやって言語化してみると、単なる買い物といっても、買い物リストを渡されてスーパーに行くのと、自分で主体的に選んで買い物するのとでは、全然違うことに気づく。

　そこには大した差はないとどこかで思っていた。

　到着したスーパーは、新しくて大きかった。駐車場も広いから、近隣の人々が車でまとめ買いをしにくるのだろう。

空いている駐車場の出入口に近い場所に車を停めた。キーを抜いて運転席から出ようとすると、二枚の紙を渡された。

「猿渡くんにはさっき渡したから、仲上さんもそれ読んで」

一枚目は料理のレシピ。今日の午後、作ることになっているものだ。鰺の南蛮漬け、コールスローサラダ、蕪《かぶ》とベーコンの煮物と、蕪の葉と薄揚げの味噌汁。

二枚目は買い物リストだ。鰺、玉葱、にんじん、ピーマン、蕪、薄揚げ。種類は少ないが、七人分とあるから、なかなかの量だ。

「調味料と、サラダの材料は猿渡くんに頼んであるし、ベーコンは塊《かたまり》が冷蔵庫にあるから大丈夫。仲上さんはそれを買ってきてください」

子供じゃないのだから、このくらいできると思う一方、七人分の買い物などしたことがないことにも気づく。

とりあえず、やってみるしかない。

まず、メイン食材を手に入れたい。入り口近くにある野菜のコーナーは後回しにして、鮮魚コーナーに向かう。

日常的にスーパーは行くが、鮮魚コーナーを覗《のぞ》くことは少ない。たまに贅沢《ぜいたく》したい気分のとき、刺身パックを買うくらいで、調理が必要な魚のコーナーなど普段は素通りだ。

しばらくうろうろした後、鰺を見つける。小ぶりのが三尾入ったパックだ。七人前だと七尾必要なはずだが、三パック買うと九尾になってしまう。かといって、六尾なのも困る。

これが正解がないと言うことなのだろう。悩んだ結果、多い方がいいだろうと三パックをカゴに入れる。その後、野菜コーナーに戻った。玉葱、にんじん、ピーマンはすぐに見つかった。蕪を探して、うろうろした後、やっと見つけたが、葉はついていない。

たしか味噌汁に、蕪の葉を使うと書いてあったはずだ。だとすれば、味噌汁の具に使う野菜が他にいる。

ぼくは味噌汁の具なら豆腐とわかめが好きだが、自分だけで決めていいのかという不安もある。とりあえず、一度先生のところに戻ることにする。

岡村先生はサッカー台のところで待っていた。カゴを見せながら、説明する。

「蕪が、葉の付いてないものしかなくて。味噌汁どうしましょう」

「ああ、なんでもいいですよ。仲上さんはどうしたい？」

「豆腐とわかめとか……平凡ですか？」

「いや、平凡なのは問題ないですけど、昨日、豆腐とわかめだったから、別のものの方がいいですね。今日は青物が少ないから、小松菜と揚げとか、韮《にら》と落とし卵とか、どうだろう」

韮と卵の味噌汁など食べたことはないが、おいしそうだ。

「韮と卵いいですね。じゃあ、薄揚げはなしですか？」

「そうですね。代わりに卵を一パックかな。後は、レジを通っていいですよ」

そう言って渡されたのは、スーパーのカードだ。

「電子マネーがチャージされてるからそれで支払って。レシートを忘れずにもらってください」

特に注意されなかったということは、鯵は三パックで問題なかったらしい。

レジに並びながら考える。

昔も鈴菜に頼まれて、買い物に行ったとき、頼まれたものが売っていないことがあった。ぼくはそのとき、「代わりになにが必要か」なんて考えたことがなかった。ただ、なかったのだから仕方ないと考えて、なにも買わずに帰ってきた。

たぶん、「言われたことをやればいいだけで、後は鈴菜が何とかする」と思っていたのだ。そのくせ、ちゃんと家事を分担しているつもりでいた。

さきほど、葉付きの蕪がなかったとき、味噌汁の具をどうするかということを考えたのは、代わりのものを買っていかなければ、自分の失敗になると思ったからだ。

労力が大きく違うわけでもないし、知識が増えたというわけでもない。ただ、違うのは責任感だ。

家事学校の仲間は家族ではないから、甘えることなどできないし、調理実習でてきぱき働く彼らを見ると、自分も情けないところは見せたくないと思う。

自分があまりに現金な気もするが、それでも変わりたくてここにきたのだ。変われないよりは、変わることに前向きになれた方がいい。

猿渡がどこか意固地なのは、彼が自分で望んで、家事学校に通い始めたわけではないせいもあるのかもしれない。保護者の希望だと言っていた。

レジで支払いを済ませて、エコバッグに買ったものを詰めた。

サッカー台の端で、先生と猿渡がなにか話しているのが見える。

「どうしてこれじゃダメなんですか？」

猿渡の食ってかかるような声が耳に入る。

「猿渡くんが自分で買い物するならこれでいいんだけどね。七人分となれば、やはり割高だよ」

「でも、その分、労力が減りますよね」

近づいて理解した。猿渡の持っているカゴには、パックに入った千切りキャベツが何袋も入っていた。

ぼく自身もよく買うから、値段も知っている。一袋百円前後。七人分だと少なく見積もっても五袋か六袋必要だろう。

「学ぶための学校だから、労力を減らす必要はないんだよ。調理の時間は、時間割に組み込まれているからね」

「それでも手間がかからない方がいいでしょう」

猿渡は引き下がらなかった。

「千切りの練習をしたい生徒もいるかもしれない。あらかじめ千切りになっているものだと、彼らが練習する機会を奪ってしまう」

猿渡はしぶしぶカゴを持ち上げた。

「わかりました。でも、俺は絶対千切りなんてしませんよ」

彼が行ってしまうと、先生はぼくの方を見て、ちょっと笑った。

「彼はなかなか頑固だね。家事にできる限り労力を割《さ》きたくないようです」

「彼の家では外注していたって聞きましたよ」

ぼくがそう言うと、先生は少しだけ眉間に皺を寄せた。

「そうなのか。でも、じゃあどうして、ここにこようと思ったんだろうな」

料理教室なら、趣味で通っている男性は珍しくないだろうが、家事学校となると、存在すら珍しいし、男性で通おうと思う人間も、子供を通わせようと思う親も滅多にいないだろう。

それでも、猿渡の保護者はそうしようと考えた。

猿渡は、ただ、それに反発しているだけなのだろうか。

会計をすませて、キャベツを一玉カゴに入れた猿渡が戻ってくる。先生は鞄《かばん》を肩にかけ直した。

「さあ、詰めたら学校に帰りましょう」

　ぼくらが買い物に行っている間、他の生徒たちは風呂掃除をするメンバーと、アイロンがけの実習をするメンバーに分かれて活動していたらしい。

　アイロンはうまくかけられるようになりたい、などと考えている自分がいて、そのことに驚く。今はシャツはクリーニングに出しているが、その後、しまい方が悪くて畳みじわができてしまっても、あきらめてそのまま着ていた。

　自分でアイロンがきれいにかけられるようになれば、皺のないシャツが着られる。

　まだ初日だ。それなのに、ぼくの中にこれまでなかった不思議な感覚が生まれていた。

　もしかして、家事というのはおもしろいのではないだろうか。

　わかっている。鈴菜や母や妹の和歌子など、ぼくの身近な女性が聞いたら、「これまでやってこなかったのに、なにを言っているのだろう」と呆《あき》れるはずだし、責任のない状態でちょっとやるのと、毎日絶え間なく続くのとは全然違うだろう。

　だが、これまで、「どうしようもなくなって仕方ないからやる」か「やらない」か、そのふたつしかなかった作業に、「楽しんでやる」というもうひとつの選択肢が生まれた気がした。

よく考えれば、料理を趣味とする男性はたくさんいるし、家庭菜園なども植物の世話をすることで、家事とも共通点がある。ただ、めんどくさい作業と考える以外のつきあい方もあるのではないだろうか。

そういうふうに考えはじめたせいか、夕方の調理実習も楽しかった。

まだ揚げ物は難しそうなので、味噌汁を作った。午前の調理実習の後、煮干しを水に浸けておいたから、それを火にかけて出汁《だし》を取る。

これまで、粉を溶かすタイプの出汁や、出汁入りの味噌を使っていたが、煮干し出汁がこんなに簡単に取れるとは知らなかった。

出汁を取った後は、コールスローの野菜を切ったり、蕪の煮物の作り方を教わったりした。料理がほとんどできあがった頃に、出汁をもう一度火にかけ、人数分の卵を落とし、細かく刻んだ韮を入れる。

失敗しようがないほど簡単だ。これなら、家でひとりででも作れる。

見れば、鯵の南蛮漬けもおいしそうにできている。ここにいる二週間で、揚げ物の作り方も覚えられるだろうか。

理央も他の子供と同じように揚げ物が好きだった。どちらかというと食が細い方だったが、海老《えび》フライや唐揚げだと、おいしそうによく食べたし、だから、鈴菜もよく作っていた。

揚げたての唐揚げをビールと一緒に食べるのは、なによりの楽しみだったが、今は、店でしか味わえない。コロナ禍以降は外食をする回数も減っている。

自分で作れるようになったら、家でも揚げたてが食べられる。

できあがった料理を、食事をする和室に運んだ。冷蔵庫から、ビールを出している人たちもいる。

缶ビールを持っている白木に尋ねてみる。

「それはあらかじめ自分で買っておくんですか？」

「そう。あの冷蔵庫は生徒のためのものだから、買ったものは名前を書いて入れていい」

たしかに白木の持っている缶ビールには、油性マジックで白木と書かれている。

「もしかして、飲みたいけど、買ってないとか？」

「そうです。この後忘れないように買ってこないと」

そうしたら、明日から夕食にはビールが飲める。明日のメニューはなんだろうと考えていると、白木が思いがけないことを言った。

「俺、二本買っているし、今日は一本しか飲まないから、スーパードライでよければ一本飲むかい？」

「えっ、いいですよ。悪いし」

「この後、買いに行くんだろ。そのとき、俺のスーパードライも買ってきて補充してくればいいよ」

たしかにそれなら、白木が損するわけではない。

「いいんですか？」

「いいよ。どうせ同じことだし」

せっかくなので、白木に甘えることにして、缶ビールを一本もらった。

食卓に料理を並べて、みんなが揃ったところで食べ始める。酒を飲んでいる生徒は、半分くらいだろうか。

鰺の南蛮漬けは、甘酢の加減がちょうどよく、とてもおいしかった。蕪とベーコンの煮物も、淡泊な蕪とベーコンの旨みがよく合う。ベーコンは塊のものを切って使ったが、薄切りで売っているものよりも、燻製《くんせい》の香りが強い。よいものなのかもしれない。

料理もおいしいが、大勢で会話しながら食事をするということ自体が、明るい気持ちにさせてくれる。ずっとひとりで、テレビを見ながら食べてばかりだった。弁当やスーパーの惣菜《そうざい》が多かったし、作りたての料理を食べることもひさしぶりだ。

なんとなく、自分が大切にされている気がした。作ったのもぼくなのに。

どんな学校かとびくびくしていたが、きてよかったかもしれない。

ふと、視界の端に猿渡を見つけた。

彼は暗い顔のまま、下を向いて食べていた。他の生徒たちとも話そうとしていない。明日になってもこんな感じならば、ぼくがもっと積極的に声をかけた方がいいかもしれない。別に無理に仲良くする必要もないが、このままでは少しも楽しくないだろう。後になって思えば、このとき、少しでも話しかければよかったのかもしれない。

昼、後片付けを担当したから、今回は免除された。猿渡と何人かが食器を洗い場に運んでいく。

ぼくは一度、自室に帰ってから、コンビニに買い物に行くことにする。三月の夜風は、まだ少し寒いが、夜の散歩を躊躇《ちゅうちょ》するほどではない。たぶん、温かいものをお腹いっぱい食べたことも関係しているのだろう。寒さは身体の表面を撫《な》でていくだけで、芯から凍《こご》えるような気持ちにはならない。

きてよかったのかもしれない。あらためてそう思う。

少なくとも、家事のスキルと知識は身につくだろうし、罪悪感を刺激されないところも安心できた。同世代の男性が、手際よく料理を作るところを見て、自分の意識が変わるのも感じた。

コンビニに到着し、スーパードライを二本カゴに入れる。白木の分と、自分の分だ。その後、明日の朝のための豆乳と菓子パン。昼夜しっかり食べるから、朝はこのくらいでちょうどいい。

夜飲むための麦茶を買って、買い物は終わりだ。

買ったものを詰めてもらったレジ袋を手に、学校の方に向かって歩き出す。

引っ越して間もないから、新居のまわりにもあまり慣れてはいない。それでも家にいればやらなければならないことは、常に身の回りでぼくを急《せ》かしている。

英語の勉強、出さなければならない手紙、片付けなければならない引き出し、読みたかった本。それらから解放されていることも、気分が軽い理由のひとつかもしれない。

ふいに思った。

カリキュラム案内にあった、子供のヘアアレンジの授業を受けてみてもいいかもしれない。今度会ったとき、理央の髪を結んでやることもできる。

自室に帰る前に、学校に戻る。ビールを厨房の冷蔵庫に入れておくつもりだった。

引き戸を開けて、中に入ると、怒りを含んだ声が聞こえてきた。

「抗議します。俺は、授業料を払って、家事のスキルを教えてもらいにきたけど、使用人として働かされにきたわけではない」

猿渡の声だった。ぼくは玄関で身体を強ばらせた。

「もちろん、そうですよ。あなたは授業料を払って、ここに家事を教わりにきた。わたしたちは家事のスキルを教えたり、実習する機会を提供しているだけです」

　穏やかな声は花村校長だ。

「じゃあ、なぜ、ゴミの始末まで俺たちがやるんですか。こちらがお金を払っている以上、そういうのは従業員がやるべきじゃないんですか！　教えているという名目で、労働力を搾取している」

　猿渡はなおも声を荒らげる。

　理屈っぽい。理論武装しているのはわかるが、すべてが上っ面だけのような気がしてしまう。

　花村校長が優しい声で言った。

「うちで雇っているのは講師だけです。あとは、生徒さんたちでやってもらうことにしているの。まったく関係ない労働をさせているわけではなく、生活に必要な労働ですからね」

「集金しつつ、体《てい》のいい使用人も兼ねてるってわけですね」

　なぜ、そんなにけんか腰なのだろう。嫌ならこなければよかったのに。

「じゃあ、ひとつ質問します。どうして、猿渡さんは自分がゴミの始末をやらなくていいと思っているの？」

　花村校長の声が響いた。

「あなたはここで料理を作って食事をした。生活していたらゴミはどうしても出る。昨日は誰か他の人がゴミを始末した。今日はあなたに回ってきた。明日は別の誰かがやる。それだけのことです」

「それは……」

「あなたがそれを免除されるべき人間だと、自分で考えているのだとしたら、それはいったい誰の仕事なんでしょうか」

ふいにドアが開いた。猿渡が飛び出してきた。ぼくを見て驚いた顔になる。

まずい、ととっさに思った。まるで立ち聞きしていたような状況だ。

猿渡は一瞬ぼくを睨み付け、そのまま玄関から出て行った。

花村校長が部屋から出てくる。

「あら、お風呂？」

「いえ、冷蔵庫にビールを入れておこうと……」

そういえば、学校の広いお風呂に入っていいと言われていたから、後で入りにこようと思っていたのだった。

こういうとき、なにを言うべきなのだろうか。猿渡について、「あいつ、なに言ってるんでしょうね」みたいに言った方が、立派な人間に見えるのかもしれない。

だが、ぼくには猿渡の気持ちがわかる。わかってしまうのだ。

家族で暮らしていたとき、たまに言われて食器洗いはやった。だが、そのときぼくは、一度も排水口のゴミに手をつけなかった。排水口のカバーを洗ったこともない。いつも、ぼくが洗い物を終えた後、鈴菜がそれをやっていた。

どこかで思っていたのだ。そこまでは、ぼくがやる仕事ではない、と。

鈴菜はそれについて、なにも言わなかった。そのことに愕然《がくぜん》とする。ぼくは鈴菜が、言いたいことは呑み込まずに言う人間だと思っていた。

ぼくが、排水口に触れないことに、なにも思わなかったはずはない。彼女はそれを呑み込んだ。

なぜ、ぼくはそれをやらなくていいと思い込んでいたのだろう。

「お恥ずかしい話なんですが……」

口を開いたぼくを、校長は優しい顔で見た。

「今、校長が猿渡くんに言ったことば、ちょっと刺さりました。ぼくも、家族と暮らしていたとき、食器を洗っても、排水口のゴミは集めませんでした。妻がやることだと思ってました」

校長はそれを聞いて微笑んだ。

「わたしも子供の頃は大嫌いでしたよ。お母さんがやればいいのにってずっと思ってました。泣いて母と喧嘩《けんか》したこともあります」

「子供の頃の話でしょう」

「そう、つまり否応なしに子供でいられなくなる人と、いつまでも子供でいられる人がいるってことなんでしょうね」

もしかすると、鈴菜と結婚生活を続けていたら、ぼくはいまだに子供のままだったのかもしれない。消え入りたい気持ちになる。

「猿渡くんは、まだ十代ですから、子供の気持ちでいるのはどこか仕方ないところもあります。そう言ってあげたかったのですが、出て行ってしまいましたね。続けられないかもしれませんね」

少しだけ、校長のことを冷たいと思った。追い掛けてそう言ってあげればいいのに。

だが、子供扱いされたら、猿渡はもっとへそを曲げるかもしれない。

校長はぼくの方をちらりと見た。なぜか気持ちを見透かされたような気がした。

「たぶん、うちに通いたいと思う人は、その時点でいろんなことを克服しているから、入ってから揉める人はそんなに多くはないですが、たまにいます。特に、人に言われて、渋々きた人はね」

「ぼくも、妹から勧められてきました」

「それでも、最後に決めたのは仲上さんでしょう」

それはたしかにそうだ。もし、自分で変わりたいと思えなかったら、和歌子のアドバイスだって、聞き流していたかもしれない。

「続けられなかったとしても、ここで過ごした時間が、猿渡くんにとってプラスになればいいのですが……」

校長は独り言のようにそうつぶやいた。

もし、猿渡がやめたいと言ったら、校長は引き留めないだろう。そう思えるような口調だった。

結局のところ、変われるのは、自分から変わりたいと思った人間だけなのだ。


一度、自分の部屋に帰り、風呂の支度をして、また部屋を出た。

ドアに鍵をかけて、歩き始めたとき、人の気配を感じた。振り返ると、アパートの外階段に猿渡がぽつんと座っていた。片手で惰性のようにスマートフォンを弄《もてあそ》んでいる。

思い切って声をかけた。

「学校のでかい風呂に行かないか？　きっと気持ちいいよ」

「いいっす。俺、シャワーしかしないんで」

「おおっ、今時の子だねえ」

そう言いつつ、ぼく自身も長いことシャワーばかりだったことに気づく。寒い日は湯船に浸かりたいと思うこともあったが、掃除が面倒なのと、ユニットバスではくつろげないから、シャワーで済ませていた。

ぼくは、階段に腰掛けた。猿渡は、少し迷ってから口を開いた。

「校長、怒ってましたか？」

「いや、特には」

なぜか舌打ちが返ってくる。

「俺、もうやめます。向いてないし。楽しくないし」

少しだけ息苦しく感じた。校長の言ったように、彼はまだ子供だ。だから、本気で責めるつもりはない。

彼がやめると言ったのは家事学校のことで、家事そのものではない。だが、以前友人が言ったことばを思い出した。

彼は妻に、家事をもっと分担するように言われて、ふてくされていた。

「俺さあ、ああいう生産性のない作業って向いてないんだよね」

そのときは、勝手なことを言うなあと思いつつ、聞き流していた。ぼくだって、彼を責められるほど家事をやっていなかった。

だが、すべての人が向いていないと言って、投げ出してしまえばどうなるのだろう。洗われない洗濯物、出されないゴミ。部屋には埃《ほこり》が溜まり、とても快適には生きられない。

「ぼくはちょっと楽しくなってきたかな」

そう言うと、猿渡は驚いた顔になった。

「楽しく？」

「そう。ずっとコンビニ飯とかばかりだったから、自分で揚げ物作って、ビールと一緒に揚げ物が楽しめると思ったら、ちょっと楽しくなってきた」

猿渡はなにも言わなかった。

「猿渡くんは、普段、誰に食事を作ってもらってた？」

「週二回、家事サービスの人がきて、作ってくれました。あとはその作り置きを食べたり、たまにデリバリーとか、外食だとか」

そう言えば、彼の保護者は家事サービスを利用していたと、前に聞いたことがある。

「なんとなくいいところの、ぼっちゃんぽいなあー」

多少収入がないと、家事サービスを週に二回も頼まないだろう。

「そんなことないです。叔母《おば》は仕事で忙しいから……」

彼はそうつぶやいた後、口をつぐんだ。

叔母というのが、その保護者なのだろうか。だとすれば、彼の両親はどうしたのだろう。

彼はしばらく黙った後、口を開いた。

「さっき、俺の話聞いてました？」

「全部じゃないけど、少しだけね」

「校長の言うことは、正論だけど、でも、世の中そうなってないじゃないですか。えらい人には人を使って嫌な仕事をさせる権利があって、賢かったり、金を稼いでいたりすると、それをやらなくてもいい。それが世の中じゃないですか？」

「そうだね……」

猿渡の言うことは、ある意味では正しい。ぼく自身が、鈴菜に対して優位に立ち、家事をやらずに済ませてきた。

そして、それで関係を破綻させてしまったから、わかるのだ。人が寄り添って生きるのはそういうものではないのだと。

「俺は、誰かに踏みつけにされたくないから、頑張って勉強しました。志望大学にも合格できました。結婚相手も、ちゃんと家事をやってくれる人を選びます。それじゃダメなんですか？」

「つまり猿渡くんは、自分が優位に立てる人と結婚したいってことだよね」

彼ははっとした顔になった。

「そうは言っていません」

「じゃあ、もし、猿渡くんが病気になったり失業したりして、猿渡くんの妻が外に出て稼ぐようになったら、その人がやりたくないことを、全部、猿渡くんに押しつけてもいいってことにならないかな」

猿渡はぽかんと口を開けた。そんなこと考えてもみなかったという顔だった。

「ぼくの意見を言うと、たとえ、失業したとしても、嫌なことを全部押しつけられる必要なんかない。家族ってそんなものじゃないだろう。でも、つまりは逆でも同じことだ」

そう言いながら、遠くで、もうひとりのぼくが笑っている。結婚生活に失敗したくせに、どの口で、と。

「まあ、ぼくも結婚に失敗したから、えらそうなこと言える立場じゃないけどさ」

そう言って笑いながら、猿渡の顔を覗き込んだ。

猿渡の顔は泣きそうに歪《ゆが》んでいた。

第四章　鈴菜のＳＯＳ

翌日、猿渡は荷物をまとめて、学校を去って行った。

なぜかぼくは、彼にまた会えるような気がしていた。


知っているようで知らないことばかり勉強した。

アイロンのきれいなかけ方、水滴の跡が残らないガラスの拭き方、ボタン付けと、シミ抜きの仕方。

学生の頃、家庭科でやったような気もするが、その後の人生ではほとんど自分でやっていない。ボタンの取れた服は、いつかなんとかしようとクローゼットの中につっこんである。

調理実習は一日二回。もともと、簡単なものなら、レシピを見れば作れると思っていたから、料理の腕がぐんと上がった気はしていない。だが、他の人が調理している横で、自分が手伝える仕事を見つけられることや、もう使わない鍋や調理器具を探して、洗ったり、片付けておいたりすることはうまくなったと思う。

猿渡が帰ってしまってから三日、思っていたよりも、ぼくは家事学校での生活を楽しんでいた。年齢の違う男性ばかりで、上も下もなく、見栄を張り合うこともなく、譲り合って実習や勉強ができることも楽しかった。先輩風を吹かせる人間がいない快適さに気づくと、この後、新しい人が入ってきても、自分もえらそうにするのはやめようと思える。

たぶん、前にいた生徒たちが作ったそういう雰囲気が、継承されているのだろうと感じられる。

家事のことも、もっと前向きに取り組めそうだ。


その電話がかかってきたのは、ぼくが家事学校にきて、四日目の夕方のことだった。

調理実習中、ポケットの携帯電話が振動していたことには気づいていた。だが、ミックスフライを揚げていた最中で、手が離せなかった。調理実習が終わり、みんなが料理を和室に運んでいるときに、ようやく携帯電話をチェックすることができた。

電話は、鈴菜からだった。彼女がこんな時間にかけてくることは珍しい。急ぎでないときは、いつも夕食後、ぼくが少しくつろいだ頃にかけてくる。

ぼくは、和室にいる人たちに先に食べてもらうように言って、廊下に出て、電話をかけ直した。

「もしもし、俺だけど」

電話に出た鈴菜の声は、少し苦しげだった。

「ごめん。ちょっと相談があるんだけど……」

「なに？」

「おばあちゃんが友達との食事で、新型コロナもらってきちゃってさ。おじいちゃん共々陽性で、まあ三回目のワクチンはもう打ってたし、症状自体は軽症で自宅療養しているんだけど……」

鈴菜の言うおばあちゃんとおじいちゃんは、彼女の両親のことだ。まだ六十代の快活な人たちで、ぼく自身はそう呼ぶのが憚《はばか》られる。

「鈴菜と理央は？」

理央は、義両親の家で昼間過ごしているはずだ。

「残念ながら、わたしも陽性。一緒に食事してたから……。で、問題なのが理央で、彼女だけ、PCR検査が陰性だったの」

それはよかった、と言いかけて、ぼくはことばを呑み込む。今、鈴菜が困っている理由に気づいたからだ。

今、陰性でもこのまま鈴菜と生活していれば、確実に感染してしまう。だが、理央自身もすでに濃厚接触者のはずだ。預かってくれるところを見つけるのは難しい。

子供は感染しても軽症だと聞くが、感染を避けられるなら避けたいはずだ。

「すごくずうずうしいんだけど……和歌子さんやお義母《かあ》さんに理央のこと頼めないかな……。わたしも熱が四十度近く出ていて、つらくて……」

ぼくは考えた。頼めば、母や和歌子は嫌とは言わないだろう。しかし今、ＰＣＲ検査が陰性でも、すでに理央も感染している可能性はある。そうなると、母や和歌子の家庭に感染を広げてしまうかもしれない。

いくら身内でもそれは頼めない。

「ごめん。それは無理だと思う」

「だよね……本当、厚かましいこと言ってごめん」

「でも、俺が理央を預かることはできると思う」

自然に口が動いていた。それ以外は考えられない。

リフレッシュ休暇はまだ十日以上ある。ぼく自身は、去年感染していて、ようやく今年頭に二度目のワクチンを打ったばかりだ。

「今、リフレッシュ休暇中だから、家にいられるし、家だって、引っ越したばかりだからまだきれいだしさ」

電話の向こうで彼女が少し躊躇しているのがわかった。たぶん、これまでのぼくの行動からまかせていいのか確信が持てないのだろう。

だが、今はそれしか方法がないように思える。ようやく彼女は言った。

「じゃあ、お願いしていい？」

さっそく、まだ校長室にいた花村校長のところに行って、事情を話した。

学校を立ち去らなければならないのは心残りだが、今は非常事態だ。

「来週分は返金できます。もしくはまたあらためて、週末や連休などのときに通うこともできますが、どちらになさいますか？」

そう尋ねられて、ぼくは迷うことなく答えた。

「またきます」

「じゃあ、お急ぎでしょうから、手続きの書類はご自宅の方に送付しますね。今回は事情が事情ですから、寮の掃除もこちらでやっておきます。私物だけ持って帰ってくださってけっこうです」

ぼくは頭を下げた。

「助かります。ありがとうございます」

その後、生徒たちが食事をしている和室に向かう。たった四日のつきあいだが、ひとことも挨拶せずに、立ち去るのは寂しい。

「すみません。実は別れた妻が、新型コロナに感染してしまって、娘をうちで面倒見なければならなくなったんで、今日で失礼します。急ですけど……」

また戻ってくるつもりだが、そのときに同じ生徒がいるとは限らない。特に親切にしてくれた白木や鷹栖との別れは、寂しい。

「ええっ、それはまた本当に急だなあ」

白木も顔をしかめた。

「夕食も食べていかないんですか？」

鷹栖にそう言われてぼくは首を横に振った。

「買い物もしたいし、レンタカーも借りたいんで……」

濃厚接触者である理央を、電車で連れてくるわけには行かないだろう。今からレンタカーの予約を入れれば、ぎりぎり今日中に借りることができる。

荷物は少しだから、すぐにまとめられるはずだ。

「じゃあ、後で食べられるように折り詰めに入れられる分は入れておきましょうか。荷物をまとめた後に寄ってくれれば渡せますよ」

岡村先生がそう言って立ち上がった。たしかにそうしてもらえると助かる。

和室を出て、ぼくは最寄りのレンタカーショップに予約を入れた。寮の自分の部屋で荷物をまとめていると、ドアがノックされた。

「開いてます」

そう答えると、ドアが開いた。岡村先生が紙袋を持って立っていた。

「これ、今日の夕食。さすがに汁けの多い物は無理だけど、ミックスフライとごはんと漬け物と」

「ありがとうございます。わざわざすみません」

「あと、タクシー呼んだ方がいいなら、呼びますよ」

それは助かる。このあたりは三十分に一本しかバスがない。それでもぎりぎりレンタカーショップが閉まるまでに間に合うとは思うが、タクシーの方がスムーズだ。

「すみません。お願いできますか？」

荷物はもうほとんどキャリーバッグの中だ。岡村先生がすぐに電話でタクシーを手配してくれた。

「十五分でくるそうです」

「ありがとうございます。本当に助かりました」

キャリーバッグと夕食の入った紙袋を持って外に出ると、寮の前に花村校長と、生徒たちが集まってくれていた。

急に、胸がじんと熱くなった。たった四日なのに、長年つきあった大切な仲間たちと別れるような気持ちになる。

ぼくはみんなに向かって頭を下げた。

「まだ、教わりたいことがたくさんあるんで、絶対に戻ってきます」

花村校長は笑顔で頷いた。

「お待ちしていますよ」

やってきたタクシーに乗り込み、振り返って手を振った。

別れはいくつも経験しているが、こんなことをするのはひさしぶりだと思った。


レンタカーに乗り換えると、少し気持ちが楽になった。スマートフォンで、夜遅くまで営業しているスーパーを探し、そちらに向かう。

ぼくも去年、新型コロナに感染したから、なにが必要かはだいたいわかる。同僚が届けてくれたゼリー飲料やスポーツドリンク、のど飴などに助けられた。あとは、レトルトのお粥や、インスタントのうどんなど。フルーツの缶詰などもあるといいだろう。

スーパーで買い物を済ませ、ドラッグストアにも立ち寄る。念のため、ドラッグストアの駐車場から鈴菜に電話をかけた。

「レンタカー借りたから、これから行くよ。たぶん十時前には着くと思う」

鈴菜が驚いた気配がした。

「明日になるかと思った」

「早いほうがいいだろ。今ドラッグストアにいるけど、なにかいるものある？　のど飴やスポーツドリンクやゼリー飲料は買ったけど」

「アイスクリームが欲しい……」

「OK。溶けるかもしれないから、鈴菜の家の近くで買うよ。解熱剤はある？」

「あるけど……足りなくなるかもしれないから、お願いしてもいい？」

「もちろん」

ぼくはドラッグストアで、解熱鎮痛薬と栄養ドリンクを買った。

いろいろ入ったレジ袋を後部座席に置いて、ぼくはレンタカーを発車させた。

心配事はたくさんあるし、ぼくひとりで理央の面倒がみられるのか不安もある。だが、それでも心が少し晴れやかなのは、今、自分は最善を尽くしていると信じられるからだ。

鈴菜の住むマンションにきたのは、はじめてだ。

レジ袋三つに詰まった荷物を持って、オートロックを開けてもらい、エントランスに入る。彼女の住む三階にエレベーターで上がった。部屋のドアの前にはボストンバッグが置いてある。たぶん、理央の荷物だ。

インターフォンを鳴らすと、ドアが開いて、マスクをした理央が眠そうな顔で出てきた。

ぼくは中に向かって声を掛けた。

「一応、いろいろ買ってきたから、玄関に置いておく。他のものは大丈夫だけど、アイスクリームはすぐに冷凍庫に入れて」

苦しそうな声が返ってくる。

「ありがとう。理央をよろしくね」

「体調悪くなったら、メールして」

そう言ってから、ぼくはドアを閉めた。ボストンバッグを持ち、理央の手を引く。

「ママが治るまで、パパのところに行こう」

理央は不安そうに目を伏せた。

「ママ、すごくしんどそうだった……大丈夫かな」

しばらく会わないうちに、関西弁のイントネーションになってる。そのことに、ぼくは少したじろいだ。彼女はぼくの知っている理央から変わりつつある。

動揺を隠して理央を心配させないように笑顔で言う。

「大丈夫だよ。パパがまた見に来るから」

車に戻り、理央のシートベルトを締めたあたりで、携帯電話が鳴った。見れば、鈴菜からのメッセージだった。

「買い物、ありがとう。とても助かった」


レンタカーは家の近くのコインパーキングに停めた。

理央の手を引いて、まだよそよそしい顔をしている自宅に戻る。

「晩ご飯はなに食べた？」

そう尋ねると、理央は元気よく答えた。

「えっとねえ。コンビニのハンバーグと、レンジでチンするごはんとコンビニのポテサラ！」

たぶん、体調が悪い中で、鈴菜が理央の好きなものを用意したのだろう。コンビニの惣菜なら、デリバリーしてもらうこともできる。

「パパは？」

「パパはまだ、これからだ。ミックスフライとごはん」

帰ってユニットバスにお湯を溜め、理央を風呂に入らせる。

その間に布団を敷き、折り詰めの中の夕食を食べた。冷めてはいても、ミックスフライもごはんもおいしかった。

布団は一組しかないから、ぼくは今日はコートを着たまま眠るつもりだった。引っ越しを機に布団は買い替えている。使い古しのじっとり湿った布団に理央を寝かせなくていいことに、ほっとする。

濡れた髪で出てきた理央に尋ねる。

「髪、ひとりで乾かせるか？」

「できなーい。いつもママがやってくれる」

ぼくは理央を前に座らせて、ドライヤーを手にした。一緒に暮らしていたときも、いつも帰りが遅かったから、彼女の髪を乾かしたことなど、数えるほどだ。

熱過ぎないように、気をつけて彼女の髪を乾かす。手ぐしで彼女の髪を梳《す》いたとき、その柔らかさと滑らかさに、ぼくは驚いた。

自分自身の髪とは全然違う。まだ生まれて六年しか経っていない子供の髪は、たとえようもなく心地よく、美しかった。

なぜか、泣きたいような気持ちになった。ぼくはこれまで、本当に大事なものを見失ってきたのかもしれない。

大変じゃなかったと言えば嘘になる。

正直言うと、理央を預かるなんて言わなければよかったと何度も思った。

せっかく用意した食事を、「これ、好きじゃない」と言って、食べないこともしょっちゅうで、気に入った服がないと言っては、癇癪《かんしゃく》を起こして泣く。ひとつしかないテレビのチャンネル権は完全に奪われたし、ゆっくり本を読むことなど、とうていできなかった。何度も怒鳴りたくなるのを、必死に堪《こら》えた。

わかっている。濃厚接触者だから、外出もできず、家じゃないから、理央の大事なものが全部あるわけではない。理央もストレスが溜まっている。

ぼくは、情けなくも、理央の食べたいというものだけを与え、テレビを見たい、ゲームをやりたいという要求に、完全に屈した。

理央の好きなアニメのＤＶＤボックスまで買った。一万五千円以上したが、それで理央が大人しくしてくれるのなら安いものである。

野菜を食べさせることもできなかったし、食事前にお菓子を食べたがることも制止できなかった。歯磨きを済ませた後、ジュースを飲ませたこともある。

へとへとになりながら、考える。

一緒に生活していたとき、鈴菜がこんなことをしているのを見たら、ぼくは小言を言っただろう。

「そんな時間にお菓子を食べさせるな」とか、「寝る前にジュースなんて」とか、「アニメなんか、テレビでやっているんだから、わざわざＤＶＤなんか買わなくていいだろう」とか。

もし、今ぼくが誰かにそんなことを言われたら、怒りのあまり、「だったら、おまえがやってみろ！」と叫ぶだろう。

穴があったら入りたいとはこのことだ。

預かって五日目に、理央が三十七度五分の熱を出したときには、正直、少しだけほっとした。もちろん心配する気持ちもあるが、彼女は熱があっても元気そうだ。

鈴菜に電話をかける。

「その後、どう？」

「ようやく熱が下がってきて、楽になってきた。味覚はまだ戻ってないし、咳《せき》もまだ出るけどね」

理央が発熱したことを伝えると、鈴菜はためいきをついた。

「やっぱり感染しちゃったか……」

まだ検査は受けてないが、たぶん間違いないだろう。

「理央が熱出したのなら、うちで面倒見られるね。おばあちゃんはもう元気になってるから、車で迎えに行ってもらう。幸彦は？　大丈夫？」

「俺は今のところ大丈夫っぽい」

もちろんこの先はわからない。だが、去年感染しているし、ワクチンを打ったのも最近だから、比較的感染しにくい状況だろう。

「大変だったでしょ」

少し含み笑いをしながら、鈴菜が言った。

「いや、マジ。あんなに大変だとは思わなかった。お菓子食べさせるのも阻止できなかったし、テレビもゲームもやりたいだけやらせてしまった」

荷物の中に、英語学習のDVDなどもあったが、それを見せる余裕などなかった。

鈴菜が楽しげに笑った。どきりとした。彼女がそんなふうに笑うのをひさしぶりに聞いた気がする。

「でも、本当に助かった。理央を預かってくれたことも、こないだいろいろ買ってきてくれたことも……。幸彦、ちょっと変わった？」

そう言われたことにぼくはなぜか狼狽《ろうばい》した。

「いや、俺も去年かかってるしさ……なにが欲しいかはわかるから」

「そのとき、わたし、なにもしてあげなかったね」

「そりゃ、大阪と東京だったしさ、俺は大人だからなんとかできるし……」

「そう言ってくれてありがと。じゃあ、なるべく早く、おばあちゃんに迎えに行ってもらうね」

住所を告げて、電話を切る。

理央がぼくの背中にもたれかかる。少し熱っぽいその重みが愛おしい。

「お家帰るの？」

「うん、おばあちゃんが車で迎えにくるって」

「ヤッター！　ＤＶＤ持って帰ってもいい？」

「ああ、いいよ」

彼女がうれしそうなことがちょっと寂しいが、それは仕方ない。理央の家はあちらなのだ。

鈴菜の母から、もうすぐ到着するというメッセージが入る。ぼくは理央の荷物を持ち、彼女の手を引いて、マンションの前まで出た。

うちには駐車場がないから、長いこと車を停めることはできない。

見覚えのある車が、路肩に停まった。助手席のドアが開く。

「幸彦さん、今回は本当にありがとう。一家全員寝込んでしもたから、助かったわあ」

颯爽《さっそう》とサングラスを掛け、白いシャツをセンスよく着こなした、鈴菜の母が笑いかける。

どう見てもおばあちゃんという雰囲気ではないが、理央は機嫌良く「おばあちゃーん」と抱きついている。

彼女と会うのは離婚してからはじめてだ。きっと再会は気まずいものになるのではと予想していたが、状況が状況だけに、彼女もにこやかだ。

彼女がそう接してくれるのも、ぼくが短い間だけでも理央を預かったからなのだろう。

「これ、預かってた理央の着替えです。だいたい洗ってありますが、昨日着た服とパジャマだけはまだ洗濯してなくてビニール袋で分けてます」

「ほんまありがとうね。しばらく大阪にいるんでしょ。またうちにも遊びにきて」

「機会があったらぜひ」

助手席に座った理央に、シートベルトを装着してやる。

「じゃあ、鈴菜さんによろしくお伝えください」

鈴菜の母は手を振ると、助手席のドアを閉め、車を出発させた。

張り詰めていた神経が、一気に緩む気がした。

部屋に帰って、ドアを閉めた。ローテーブルの上に、理央に買ってやったお菓子の空のパッケージが投げ出されていた。

自分では絶対買わないキャラクターのカードが付いた、チョコレート菓子。それを捨てるとき、ちょっと涙が出た。

一人きりで生きるのは、なんて気楽で、そして寂しいのだろう。

結局のところ、その三日後にぼくも熱を出し、検査の結果、晴れて陽性となった。

二回目の新型コロナウイルス感染である。

幸い、症状は熱だけで軽く、前回ほど苦しむことはなかった。

初日はデリバリーで食べ物を注文し、二日目からは鈴菜がダンボール箱で救援物資を送ってくれた。

ぼくのリフレッシュ休暇の大半は、自宅療養で潰れてしまったことになる。

それでも、無駄にしてしまったような気分にならないのは、大事な人のために役に立ち、感謝されたという実感があるからだ。

山之上家事学校から届いた書類を読みながら、考える。

たった四日通っただけだから、それだけで家事の技術が上がったわけではない。それでも、自分の仕事ではないと考えていた家事という仕事を、自分のやるべきこととして考えられるようになった気がする。

頑張ってやったことには、なにがしかの反応が返ってくるのだということもよくわかった。

週末や空いている日などを利用して、少しずつ通えば、もっとうまくできるようになるだろうか。

鈴菜とやりなおせるという希望までは持っていない。ただ、彼女と良好な関係を保ち、理央とときどき一緒に過ごせる父親でいたい。

そのくらいなら、できるかもしれないと思った。


大阪支社に出社すると、ぼくは、幅木《はばき》デスクの机に向かった。

「仲上さん、ひさしぶり。新型コロナは大変やった？」

隔離期間の関係で、出社が三日ほど遅れたから、事情は話してある。

「一度目ほどは、きつくなかったですけど、二回かかるなんて勘弁してほしいです……」

「ええやん。流行に乗ったということでさ」

幅木とは、彼女が本社にいたときも、ときどき話をした。気さくで、飾り気のない女性だが、本社で働いていたときは関西弁じゃなかったような気がする。

「幅木さん、関西出身でしたっけ？」

「生まれは東京だけど、小学校の頃、何年か兵庫にいたからさあ。住むとすぐ影響されちゃって」

理央のイントネーションのことを思い出した。自分の知っている理央が消えていくようで、寂しくなってしまう。

ともかく、しばらくは家庭面を中心に、文化面のヘルプや書評コーナーなどを担当することになる。

「ところで、仲上さんって、料理できたっけ」

幅木に尋ねられて答える。

「ちょっとだけです。自信はないけど、まあ、簡単なものならレシピ見たら作れる、という程度です」

そんな状態で家庭面を担当していいのかとは思うが、読者が全員料理上手なわけでもないだろうし、下手な人間の意見も必要だろうと自分を納得させる。

「じゃあ、自炊とかしてるの？　今は独身だよね」

「まあ、ちょっとだけですけどね」

三週間ほど前、東京にいたときは、コンビニ弁当ばかり食べていたことを棚に上げ、ぼくはそう答えた。

実際、今は少しだけ料理をするようにしている。もちろん、自慢できるようなものではない。だが、家事学校で覚えた韮と卵の味噌汁は、しょっちゅう食べているし、週に一度はラタトゥイユを作って、三日くらいかけて食べる。ＳＮＳで見かけた、鶏もも肉をレンジで照り焼き風にするメニューも、簡単でおいしいのでよく作っている。

自炊のいいところは、自分が食べたいものを作れるところだと思う。コンビニで買うのは楽だが、そこにあるものから選ぶしかない。

最近は、魚が食べたいなと思えば、ネットで簡単なレシピを検索して、作ったりもしている。

まあ、仕事が始まっても作れるかどうかはわからないが、無理のないように続けていきたい。

「仲上さん、前からそうだった？」

幅木にそう尋ねられて、ぼくは苦笑いしながら答えた。

「いえ、以前は全然です。でも、今は独り身だから、自分でやらないと本当に食生活が乱れるので……早死にしたくないですし」

「意識が変わったきっかけってあったの？　健康診断とか？」

ぼくは少し考えた。

「きっかけは、妹に怒られたことですけどね。でも、娘がいるんで、娘が大人になるまでは元気でいたいし、あんまり老け込みたくないですから。身体を悪くして、娘に迷惑掛けるのも嫌だし」

だが、やはり自分が本当に変わったのは、家事学校に行ってからではないだろうか。

「実は、リフレッシュ休暇のはじめの方、ちょっとだけですが、男性だけの家事学校に行ったんです」

そう言うと、幅木は何度かまばたきをした。

「男性だけの家事学校って山之上家事学校？」

やはり家庭面のデスクだけあって、名前は知っているらしい。

「娘を預からなくちゃならなくなって、短い間しかいられなかったんですけど、すごく勉強になったし、意識も変わりました」

ふと思った。山之上家事学校を、紙面で紹介してはどうだろう。

今は、昔よりも生涯未婚率が上がっているし、独身男性の幸福度の低さや、寿命の短さはいろんなところで話題になっている。

それに対する、ひとつの答えになるかもしれない。

「そうなんや。仲上さんにはよかったんや。わたしの知ってる人は全然意味なかったって言ってたけど、人によって向いてる、向いてないは違うもんね」

幅木のことばに驚いた。

「意味なかったって、通ってた人がですか？」

猿渡のように、家事をさせられることを受け入れられなかったり、集団生活に馴染《なじ》めなかったりする人もいるかもしれない。

「ううん、友人の連れ合いが通っていたんだけどさ。その男性、熱心に通ってはいるけど、結局家ではなにもやらないんだって。それだけでなく、友人がやってる家事に口を出したり、マウント取ることばかりが上手になって、うんざりするって友人が言ってた」

幅木はそう言った後、慌てて付け足した。

「もちろん、それは学校が悪いんじゃなくて、その人が悪いんだと思うよ。習ったことをきちんと自分で実行するのも、せずに人に文句ばかり言うのも、その人次第やしね」

「ですね……」

そう相づちを打ちながらも、ぼくは上手く呑み込めずにいた。

学校では、得た知識で、他人を批判するなと言われた。それでも、そうしてしまう誘惑に逆らえない人がいるのだろうか。

「友人の連れ合い、ハンサムやし、感じがいいし、出会った頃は友人もベタ惚《ぼ》れやったんやけどね……でも、結婚して長くつきあうには、それだけじゃあかんってことやよね。うちの連れ合いなんて、全然ハンサムじゃないし、料理も出来ないけど、それでも出したものはおいしいおいしいって食べるし、コンビニ弁当でも喜ぶもん」

最後は、幅木の惚気《のろけ》を聞かされた。

ぼくは思い切って尋ねた。

「そのお友達の名前、うかがってもいいですか？」

「白木。白木保子《やすこ》」

ぼくは息を呑んだ。

「ぼく、たぶん、その人のお連れ合いの方知っています」

「え、そうなの？」

同じ姓の人かもしれないが、そこまでよくある姓でもない気がする。あの親切で、気遣いを欠かさない白木が、家ではそんなふうに振る舞うとは信じられない。

だが、完全にありえないとまでは、思わない自分もいる。

ぼくも知っている。知識や能力は、ときどき、暴力として作用することだってあるのだ。

第五章　それぞれの事情

家事学校への復帰は大型連休を利用することにした。

電話で相談し、その前の土日も泊まりこみで滞在し、授業を受けることにした。たぶん、前回と同じ人たちには会えないから、また知らない人たちと交流しなければならない不安もあるが、あそこにくる人たちなら、大丈夫だろうとも思える。

送られてきた時間割をチェックして、子供のヘアアレンジの授業があることも確かめた。理央だってあと何年か経てば、自分で髪を結うようになるだろうし、出番はないかもしれないが、機会があるなら、覚えておきたい。

理央の面倒を見ている期間、ただ髪を結ぶだけでも理央を痛がらせてしまったし、彼女が持ってきた飾りのついたヘアゴムを、どう使うかもわからなかった。

ずっと一緒に暮らしてきたのに、いったいなにをやってきたのだ。誰に責められたわけでもないのに、罪悪感がじくじくと疼《うず》いた。

なぜ、自分の仕事ではないと思ってしまったのだろう。ぼくだって、理央の親なのに。

仕事で忙しかったことは事実だ。だが、愛おしくて、きちんとケアが必要な自分の子供よりも、仕事の方が大事だと思っていたわけではない。仕事よりも理央の方がずっと大事だ。理央と鈴菜を失わないために、ぼくはもっと早く立ち止まるべきだったのだ。

先日、理央を数日間預かって、鈴菜に感謝されたことは、ぼくにとってのかすかな灯火になっている。

やりなおすことは難しくても、ふたりにとって信頼できて、いざというときは頼れる元夫でいたい。

鈴菜と理央のためだけではない。ぼく自身が、自分の人生を大事に思える気がするのだ。

金曜日の夜、退勤後に職場の近くで夕食を済ませて、ぼくは山之上家事学校へと向かった。

二週間くらい滞在するつもりだった前回と違い、今回は日曜の夜には帰る。勝手もわかったし、荷物もそれほど多くはない。一泊くらいの出張によく使う、小型のキャリーバッグさえ、すかすかだ。

前にも乗ったバスで、山道を行く。今回は取材の話も、花村校長に切りだしてみるつもりだ。もちろん、断られるかもしれないが、ぼくは山之上家事学校を紙面で紹介することに、意義を感じていた。

女性やマイノリティの生き方の多様性には注目されても、男性の生き方の多様性は、それほど重要視されているとは思えない。今は結婚することが必ずしも当たり前ではなくなっているし、ケア労働を人に押しつけるような時代ではない。

山之上家事学校のような場所を必要としている人間は、他にもいるはずだ。

トンネルを抜けると、里山らしい風景に変わる。渓谷にかかる橋、生い茂る果樹園。高層ビルが建ち並んでいる職場の近くとは、まったく違う。

山で育ったわけでもないのに、この光景に懐かしさを感じてしまうのはなぜだろう。

もう覚えた道を、キャリーバッグを引きずって歩き、家事学校の門をくぐる。

今日は鶏たちは、もう鶏小屋で休んでいるようだ。

食事をとる和室には灯りがついていて、賑《にぎ》やかな笑い声が聞こえてくる。夕食の時間にしては遅いが、話が弾んでいるのだろう。

「こんばんは。仲上です」

引き戸を開けて、学校の中に入り、玄関脇の校長室をノックした。

「どうぞー」

歌うような花村校長の声がする。

「また、お世話になります」

校長は、椅子に座ったまま、老眼鏡をずらして笑いかけた。

「よくまたいらしてくださいましたね」

「またここで学べることがうれしいです」

校長は、引き出しから寮の鍵を出して、ぼくに渡した。

「この前と同じ部屋です。ゴールデンウィークが終わるまで、誰も使わないから、貴重品以外なら、そのまま置いていっても大丈夫ですよ」

「助かります」

着替えなども、わざわざ一度持って帰らなくてもいいならとても助かる。

「そうそう、ゴールデンウィークは、猿渡さんも戻ってきますよ」

「そうなんですか？」

叔母という人に説得されたのか、それとも気持ちが変わったのか。戻ってくるからには、前と態度が同じということはないだろう。

取材の話を切り出そうかと思ったが、校長は書類を手になにか作業をしている。もう夜八時を過ぎているから、日をあらためた方がよさそうだ。

「じゃあ、生徒の皆さんに挨拶してきます」

ぼくはそう言って、校長室を辞した。

キャリーバッグを玄関に置いたまま、和室を覗く。

和室にいるのは、四人だけだった。この前よりも少ない。その中に鷹栖の顔を見かけて驚いた。あれから、一ヶ月以上経っているのに、彼はまだこの学校に通っているのだろうか。

鷹栖がぼくに気づいて、片手を上げた。

「やあ、仲上さん、またお目にかかれてうれしいですよ」

「こちらこそ、お世話になります」

「明日からですか？」

五十代くらいだろうか。日焼けして、人懐っこい笑顔の男性が話しかけてくる。

「明日明後日と土日の授業を受けて、今度はまたゴールデンウィークに十日ほどきます」

そう言うと、鷹栖は目を細めて微笑んだ。

「わたしは、明日朝に帰ります。ゴールデンウィークもこちらにはきませんし、いいタイミングで会えてよかった」

それを聞いて、少し寂しくなる。せっかくまた一緒に調理実習ができると思ったのに、入れ違いになるようだ。

ふいに、さきほどの男性が言った。

「えーと、仲上さんでしたっけ。ぼくは堀尾《ほりお》です。ぼくもだいたい土日にきてます。今週は金曜日休みが取れたので、今日から参加しましたけど」

ぼくは畳に座って頭を下げた。

「よろしくお願いします」

「仲上さん、白木さんはご存じですか？」

どきりとした。彼のことは、幅木から名前を聞いてから、ずっと気に掛かっていた。

「ええ、前回、とても親切にしてもらいました」

「彼も明日からまたくるそうですよ。なんでも、奥さんから、まだ不十分だから、もっと勉強してくるように言われたとか……」

「へえ……そうなんですね」

笑みを浮かべたつもりだが、顔が引き攣《つ》っているのがわかる。

幅木が話していた白木保子さんというのは、やはり、あの白木のパートナーなのだろうか。

もうひとりの若い男性が堀尾に言う。

「白木さん、あんなになんでもできるのに、ヨメさん、なにが不満なんですかね」

「めちゃくちゃ厳しいよなあ。白木さんくらいできてもダメなら、俺自信なくしそう」

「鬼ヨメじゃないですか？　鬼ヨメ」

ドッと笑いが起こったが、ぼくは笑えなかった。

もし、幅木からなにも聞いていなかったら、ぼくも思っただろう。あんなによく気が回って、親切で、手際もいいのに、どこに不満があるのだろう、と。

だが、ぼくたちが知っている白木の顔と、彼の妻に見せる顔が同じとは限らないのだ。ぼくだってそうだ。同僚や仕事で会った人が知っているぼくと、鈴菜にだけ見せていたぼくの顔はまったく違っていた。

同僚との約束を破ったことなどなかったのに、鈴菜との約束は何度も破った。ぎゅっと胸が痛む。

むしろ家族にしか見えない顔があることは、いいか悪いかは別として、当たり前のことだと言えるのに、なぜかぼくたちは、自分の知っている顔だけで他人を評価してしまう。

ここで、知らない白木の妻の悪口を言って、笑うことは簡単だ。頑張っても受け入れてくれないわがままな女性が悪いのだ、と思うことができる。

これまでも、同じような場面で、笑ったり、悪口を言ったりする選択をしてきた自覚はある。だが、それで本当になにかが得られたのだろうか。

ぼくは、畳から立ち上がった。

「じゃあ、俺、荷物の整理するんで……」

「ああ、じゃあ仲上さん、また明日」

堀尾に言われて微笑み返す。

そのとき、ふと、鷹栖と目が合った。彼は笑ってはいなかった。

この前と同じ部屋に入り、キャリーバッグから着替えを出す。

学校の風呂に入るのは気持ちがいいが、また堀尾たちと顔を合わせるのも気まずい。今日は部屋にあるユニットバスでシャワーを浴びよう。そう考えていたとき、インターフォンが鳴った。

立ち上がって、ドアを開ける。鷹栖が立っていた。

少し驚く。ぼくになんの用だろう。

「ビール、お好きでしたよね。飲もうと思って買ってたんですが、結局飲まずに明日帰るし、荷物になるので、よろしかったらいかがですか？」

レジ袋の中に、缶ビールが二本入っている。

「いいんですか？　帰ってお飲みになれば……」

そう言うと鷹栖は首を振った。

「家では飲まないことにしているんですよ。強くはないですし、なにかあったときに対処できないので」

「なにかあったとき？」

彼は少し寂しそうな顔をして、息を吐いた。

「妻が認知症でしてね。普段は機嫌良くしていますが、ときどき手がつけられないほど荒れることもあります。目を離している隙に出て行って、タクシーをつかまえてしまい、神戸港で見つかったこともあります。酔った状態で、そういう事態に対処できるほど酒に強くないんですよ」

ぼくは息を呑んだ。いろいろ聞かなくても、その生活が苛酷であることは想像できる。

「ときどき、ショートステイを利用して、山之上家事学校にきているんです。こんなことになるまで、家事はほとんどできませんでしたから。勉強ついでに、ちょうどいい息抜きにもなっています」

思わず言った。

「頭が下がります」

鷹栖は笑って、否定するように手を振った。

「近所の人や、親戚も、娘も、『よくやっている』と褒めてくれます。でも、思うんですよ。もし、わたしが妻の方で、認知症の夫をショートステイに出して、なにかを習いに行ってたら、同じように言ってもらえるのかな、と」

答えられない。同じはずはない。褒めるどころか、悪く言う人もいるはずだ。特に鷹栖と同世代の人たちの中には。

少しも公平でない。鷹栖は、そのことに気づいている。

「ご自宅で介護を続けられるんですか？」

「いつまでも、というわけにはいかないでしょうね。病状はどんどん進んでいきますし、娘もグループホームに入れた方がいいと言っています。ただ、まだ、わたしがひとりでいることに耐えられそうにない。半世紀もずっと一緒でしたから……」

ぼくが鈴菜と暮らした期間の何倍だろう。その時間を思うと、胸が痛くなる。

「妻が元気だったときに、もっといろいろしてやればよかったと思っています。料理も作ってやればよかったし、しんどそうなときは、家事を代わってやればよかった。それどころか、病気になってしばらくは、妻を叱りつけさえしました。きちんと家事をやっていないと言ってね」

その悔恨があるから、鷹栖は介護を続けるのだろうか。

彼は、ふいに笑顔になった。

「別にすべてひとりで抱え込んでいるわけではないのですよ。さっき言ったようにショートステイもしょっちゅう利用しているし、昼間は介護士さんにきてもらっています。行き詰まらないように利用できるものは、全部利用しています」

それを聞いて、少し安心した。だが、それでもその生活が穏やかなものだとはとても思えない。

波間を行く小さな船。ぼくの頭にはそんなイメージが浮かんだ。波の穏やかな静かな日があったとしても、暴風雨に翻弄される日も、命の危険を感じる日もあるだろう。

簡単に慰《なぐさ》めが言えるはずもない。

ふいに、鷹栖が悪戯《いたずら》っぽい顔で笑った。

「仲上さん、先ほど白木さんの話を聞いたとき、妙な顔をされていましたね」

「妙な顔？」

「なにか含みのあるような。その場の空気に異を唱えたいような……」

ぼくは驚いて鷹栖を凝視した。

「すみません。長年教師をやっていたので、ひとりひとりの表情の変化に注目する癖があるんですよ。学校の外では、あまりいい趣味ではないと思っていますが」

どう答えるべきか考えたが、鷹栖は堀尾たちの会話に同調していなかったことを思い出す。

「いやあ、片方の話だけ聞いて、『鬼ヨメ』とか決めつけるのはどうかと思っただけです。他人に見せる顔と、家族に見せる顔が違う人だっていますし」

鷹栖は深く頷いた。

「本当にそうです。わたしもそう思います」

そう言った後、こう付け加えた。

「ぼくは、仲上さんが白木さんからなにか話を聞いたのかと思いました」

鷹栖は鋭い。やはり、教師として人間観察をしてきたからだろうか。

「白木さんからはなにも聞いていません」

ぼくが幅木から聞いた話が、本当にあの白木のことかどうかもわからない。だから慎重に答える。

鷹栖は話を続けた。

「以前、白木さんから相談にのってほしいと頼まれたことがあるんですが、なかなかタイミングが合わなくて……少し気に掛かっていたのです」

「白木さんはなにか悩んでいる……？」

「ええ、そうだと思います。仲上さんは白木さんと気が合うようだったし、彼が自分の心情を吐露できるような時間があれば……と思いました」

ぼくが話を聞くと言えるような立場ではない。鷹栖に相談したいと言ったのも、人生の先輩だからだろう。白木と同世代のぼくに代わりが務まるとは思えない。

鷹栖ははっとしたように、身を正すと頭を下げた。

「お疲れのところ、長々と話をしてしまいました」

「いいえ、お話しできてよかったです。ビールありがとうございました」

「では、また機会があれば」

そう言うと、鷹栖は自分の部屋に戻っていった。

その背中を眺めながら思う。彼と妻との生活が、少しでも平穏に続くようにと。


ひとつわかったことがある。

白木だって、今のままでいいと思っているわけではない。もし、ただ自分を肯定して、妻を一緒になって責めてほしいと思っているなら、鷹栖のような人に相談しようとするはずはない。

堀尾のような男性はどこにでもいる。彼らに愚痴《ぐち》って、慰めてもらえばいいのだ。

鷹栖に相談しようとしたからには、白木の中にも、自分を変えたい気持ちがあるのではないだろうか。

楽観的な発想かもしれない。だが、ぼくはそう考えてしまう。

まだ家事学校にきたばかりで、なにもわからないぼくを優しく気遣ってくれたのは白木だ。独りよがりで自分勝手なだけの人だとは思えない。

先ほどの鷹栖のことばを思い出す。

（彼が自分の心情を吐露できるような時間があれば……）

簡単なことではない。自分のこととして考えてもわかる。本当の自分の気持ちを誰かに話したことがあるだろうか。

鈴菜が理央を連れて出て行ったとき、しばらくそれを人に話すことができなかった。一ヶ月ほど、母にも和歌子にも隠し続けた。最終的に、鈴菜が直接母に連絡を取ったことにより、真実がばれた。

それだけではない。大人になってからは、一度も正直な気持ちを誰かに話したことなどない気がする。母や和歌子には犬が尻尾《しっぽ》を丸めるように、自虐的に話し、男友達には、愚痴の形にして吐き出した。

そのどちらも、本当の自分の気持ちにはほど遠いことに、今になって気づく。

本当は、寂しくて心細かった。うまくいかなかった運命を恨み、なにをやっても鈴菜に許してもらえると甘く考えていた自分を責めた。

寂しい。そう考えたとたんに、涙があふれた。

ぼくは、よそよそしい匂いの布団に顔を埋《うず》めながら、しばらく泣いた。

翌朝、ぼくは昨日買ったパンを持って、学校に向かった。学校の厨房には豆から淹《い》れるコーヒーメーカーがあり、いつでも飲みたいときに作って飲んでいいことになっている。常備してある豆もおいしく、すっかりそれを飲むのが楽しみになっていた。

玄関の引き戸に手を掛けたとき、後ろから声を掛けられた。

「仲上さん？」

振り返ると、荷物を抱えて、白木が立っていた。爽やかな笑顔で、こっちも自然に笑顔になってしまう。

「これからコーヒー淹れるの？」

「淹れます。白木さんもいかがですか？」

「ありがとう、俺は校長に挨拶してから行くよ」

「わかりました」

厨房に入ると、すでに堀尾がカウンターに座ってコーヒーを飲んでいた。

挨拶をして、コーヒーメーカーをセットする。家ではインスタントしか飲まないから、朝食においしいコーヒーを飲むのもひさしぶりだ。

「さっき、白木さんと会いましたよ」

黙っているのも妙な気がして、そう堀尾に言う。

「あ、そうなんだ。声が聞こえたから、そうかなと思った」

コーヒーメーカーからいい香りが漂いはじめる。淹れたてのコーヒーの香りは格別だ。

また玄関が開く音がして、がやがやと声が聞こえる。

土日だけ授業を受けにやってくる生徒は、案外多いのかもしれない。確かに、仕事を休んでまでくる方が特殊なのだろう。

白木が厨房にやってきたのは、ぼくがコーヒーをカップに入れ終えるのとほぼ同時だった。

「ああ、堀尾さん、おはようございます」

白木は笑顔で堀尾に挨拶すると、ぼくからコーヒーカップを受け取った。

カウンターに自然と三人並ぶ形になる。ぼくは買ってきたパンを食べ始めた。

白木がぼくに尋ねた。

「娘さんはどうだった？　陰性のまま切り抜けられた？」

ぼくは答える。

「無理でした。でも、軽症で後遺症もないようなので、それはほっとしています」

「仲上さんの娘さん、コロナになったんですか？」

堀尾にそう尋ねられて、ぼくは頷いた。

「先に元妻の両親と元妻が感染して、娘だけ陰性だったので、彼女を預かるために急いで帰ったんです」

「大したことなかったなら、よかったですね」

「ありがとうございます」

白木がコーヒーカップを口に運びながら言う。

「でも、元奥さんから頼りにされているんですね。離婚しても、いい距離感でやっていられているのは、人徳ですよ」

　ぼくはあわてて、否定した。

「そんなことないです。今回はたまたま、そうなったというだけで、本当に頼りないと思われています」

　結果的に、それなりに頑張った手応えはあるが、もし鈴菜が他に頼るところがあれば、ぼくに連絡が来ることはなかったはずだ。

　白木はふうっとためいきをついた。

「もし、離婚しても互いを尊重したいい関係のままでいられるなら、その方がいいと思うんですよね。うち、最近、なんかギスギスしていて」

　ぼくはぎこちなく笑った。そんなふうに言えるのは完全に他人事だからだ。

「本当にいい関係のままだったら、離婚なんてしませんよ」

　白木ははっとした顔になった。

「すみません。なんかイメージだけで言いました。でも仲上さん、温和だし、揉めるような人に思えなくて」

　そう、それは正しい。ぼくと鈴菜は大喧嘩をしたわけではなかった。ぼくはただ、へらへらとしながら、彼女のことばを聞き流し、彼女を絶望させた。離婚を切り出されてからも、ぼくは完全に白旗を揚げ、彼女の言うがままに受け入れた。

でも、それがいいことだったとは、少しも思えないのだ。

「ぼくも、白木さんが自分の家族とギスギスしているような人とは思えません」

今、この場にいるのは、無理につきあいを継続しなくてもいいし、面倒くさいことを分け合わなくてもいい、ただの知人だ。見えないものもたくさんある。

だが、堀尾は別の意味に受け取ったらしかった。

「俺もそう思うなあ。白木さんで不満だなんて、奥さん、要求水準が高すぎるんじゃないの？」

白木は、一瞬顔を強ばらせて、だがすぐに笑顔になった。

「いやあ、こう見えて、家ではダメ男なんですよ。叱られてばかりです」

彼のことばに既視感を覚えた。

ぼくも過去に何度も言った。「叱られてばかりなんです」と。

そう言って、尻尾を丸めたふりをしながら、自分のポジションから動くことはなかった。

聞いた相手は、勝手に妻が厳しいのだと判断してくれる。なぜ、叱られたのかには言及されないままで。

気に入っているベーカリーのパンなのに、喉《のど》に詰まるような気がした。

和室に生徒が集まりはじめたらしい。話し声や笑い声が聞こえる。

今日の最初の授業は、栄養学だ。大学の家政学の先生が、出張授業にきてくれるという。

ぼくはコーヒーを飲み干して、洗い場に行き、カップを洗った。

やはり、土日は、普段より生徒が多いようだった。

栄養学の教室にも六人の生徒がいた。カロリーも、ビタミンやミネラルもしょっちゅう耳にする単語だが、自分の身体にどのくらいの栄養が必要だなんて、意識したことはなかった。

具体的な数字を聞いてみると、普段の食事ではあきらかに野菜が足りていないし、脂質や塩分は過剰だ。外食で、必要な栄養を取るのはなかなか大変そうだ。

講師は、五十代くらいの女性だった。身体にいいメニューを一から作るだけでなく、コンビニなどで買える手軽な食材を使って、栄養のバランスをとるやり方も教えてくれた。

とはいえ、食事は数少ない楽しみなのだから、言われた通りにするのは簡単ではない。つい、手軽でおいしいものを選んでしまう。

ラーメンのスープは残したほうが身体にいいと言われても、スープを飲み干すことが男らしいのだと考えてしまう。

授業が終わると、休憩を挟んで調理実習がはじまる。

今日の実習はサンドイッチだった。サンドイッチくらいなら、教わらなくても作れるのではないかと一瞬思ったが、作り始めてみると、おいしく作るためのルールがいくつもあった。

水分の多い具を挟むときは、バターや辛子《からし》マヨネーズなど油分をしっかりパンに塗って、パンが湿るのを防ぐこと。作った後、ラップに包んでしばらく馴染ませてから切ると、上手く切れること。切れ味のいいパン切り包丁を使うと、仕上がりがきれいなことも知った。定番のツナサンドや卵サンドだけでなく、しめ鯖と大葉を挟んだサンドイッチなども作った。これは酒を飲んだ後の締めにもよさそうだった。

作り終わったら、全員でサンドイッチをバスケットに詰め、庭に出た。縁側に座る者と、レジャーシートに座る者たちに別れて、めいめいに食事をする。ぼくはレジャーシートの上に座った。岡村先生が、コーヒーを紙コップに入れて、配ってくれた。

つかの間のピクニックだ。ひとりで暮らすようになって、こんなことをしたことなどない。

風が心地よく、新緑が光を浴びてきらきらと輝く。自分で作ったなんの変哲もないサンドイッチが、外で食べるとやけにおいしく感じられる。

こんなふうに時間を過ごすことも忘れていた。

特に、きゅうりのサンドイッチがおいしかった。きゅうりを千切りにして塩胡椒とマヨネーズで和えたものを、薄いパンに挟んだだけだが、しっかり水気を絞ったおかげで、少しも水っぽくない。

きゅうりがこんなにいい香りだなんて、はじめて感じた。

デザートには、いちごと八朔《はっさく》。特別、珍しいものなどないし、準備したのも自分たちだ。

それでも、栄養を取るだけではなく、楽しみのための食事という気がした。

職場での昼食は、買ってきたサンドイッチやおにぎりを、大して味わうことなく、口の中に押し込んでいるようなものだ。

こんなふうに、いちごを小さな容器に入れて持って行くだけでも、気分は変わるのかもしれない。

ふと、振り返ると、白木がぼんやりと生い茂る木々を眺めていた。

その顔には感情がなく、心だけどこかに置いてきてしまったように見えた。

第六章　家事と愛

「子供のためのヘアアレンジ」の授業は夜の七時からだった。

普段なら、夕食を取っている時間だが、希望者が少ない授業はこの枠になるらしい。

調理実習ではキーマカレーとスープと春野菜の浅漬けピクルスを作った。夜の授業に参加する生徒の分は、残しておいてもらって、後で食べられるらしい。

授業に参加していたのは、三人。ぼく以外は、津田《つだ》という二十代後半くらいの彫りの深い顔をした若者と、八代《やしろ》という三十代の男性だった。講師は美容師だという若い男性だった。

津田の娘はまだ三歳で、八代の娘は七歳だという。八代は慣れたもので、頭と髪だけのマネキンを使って、手早く三つ編みを作り上げた。今日は、編み込みアレンジを覚えるらしい。

ぼくと津田は、初心者ということで、まずは髪に櫛《くし》を入れて、ふたつにくくるところからはじめて、三つ編みを教わることになった。

使うのは手だけだから、津田と八代は、自分の娘の話で盛り上がっている。ぼくもときどき相づちを打ち、話に参加する。

ただ、やはりうらやましい気持ちは抑えられない。

妻との仲も良好だろうし、娘も彼らに懐いているだろう。八代は、細いリボンを髪と一緒に編み込んで、まるで妖精のような可愛らしい髪型を作り上げた。

こういうことができる父親なら、きっと娘を喜ばせることができるだろう。

「今度、ピアノの発表会があるので、可愛いヘアアレンジを覚えてきてって言われてるんですよ」

とろけそうな笑顔でそう言う。

津田は不器用で、三つ編みをするのも一苦労といった感じだが、自分からそれを覚えようとしている彼を、尊敬せずにはいられなかった。

ただ、髪をふたつに分けて結ぶだけでも、考えていたよりも難しかった。髪を均等に分け、真ん中にきれいなラインを作り、同じ位置でゴムで結ぶ。

しかも、今はマネキンだから髪を強く引っ張っても文句は言わないが、人間だとそうはいかない。優しく、しかも手早くやりとげなければならない。

授業が終わると、講師は言った。

「一度やっただけだと、すぐに忘れちゃうんで、できたら自分で練習してくださいね」

それを聞いて、少し落ち込んだ。津田や八代と違い、ぼくには練習台になってくれるような存在はいないのだ。理央とは、月に一度しか会えない。

もう少し早く、行動できていればよかったのに。

何度も考えたことを、また考えた。だが、行動しなかったのはぼく自身だ。

ふと、「底つき」という単語が浮かんだ。ギャンブル依存症の取材を続けていたとき、知ったことばだった。

依存症患者が回復に向かうためには、自分が心から望んで治療に取り組むことが必要だ。誰かから言われて、という軽い気持ちでは、治療を乗り越えられない。

そのために大事なのは、「もう八方ふさがりだ」「このままではどうにもならない」と実感することだと聞いた。

優しい身内などがいて、お金を援助してしまうと、結果的に底つき体験が遅れ、回復までの道のりが遠くなることがあるという。

たぶん、ぼくにとって、鈴菜から別れを告げられたことが、「底つき」だったのかもしれない。

必要なことだったのだ、と、自分に言い聞かせる。

授業を終えて、夕食を食べるために厨房に行くと、和室から生徒たちが談笑する声が聞こえてくる。

まだお酒を飲みながら、話を続けているのだろう。先ほど一緒だった受講者は、ふたりとも自宅からの通学だったから、夕食はひとりで寂しく食べなければならないと思っていた。

カレーをあたため、炊飯器からごはんをよそい、残ったごはんは一膳ずつ冷凍にする。他の人の分の後片付けはもう終わっているから、食べ終わったら、自分の使った食器を洗えばいい。

家事をすることは、たぶん、先を見通すことに似ている。自分のことだけ考えれば、ごはんはそのままにして、炊飯器を洗わなくてもいい。だが、炊飯器に放置したごはんはおいしくないし、翌日、炊飯器を使う前に洗うのは手間がかかる。

冷凍したごはんは、おかわりがほしい人が、自由に解凍して食べていいことになっている。このシステムなら、カリキュラムのせいで食事が遅くなっても、その日に炊いたごはんは人数分確保されていることになる。

冷蔵庫の冷凍室には、冷凍ごはんはもうなかった。カレーだとおかわりをしたい人が増える。

ぼくは、トレイに夕食をのせて、和室に向かった。

五人ほどの生徒が、ビールやお茶を飲みながら談笑している。

「仲上さん、お疲れさまです」

「あ、どうも」

堀尾に声を掛けられて、ぼくは軽く会釈した。

和室には白木の姿はなかった。

「白木さんはどうされたんですか?」

彼はいつも、最後まで残ってみんなと話をしている。社交的なタイプの彼が、早々に自室に戻ってしまうのは珍しい。

「スマホのバッテリーがなくなったから、充電してくると言っていたんですけど、そのまま帰ってきませんね。疲れて寝てしまったかな?」

そういうこともあるだろう。

野菜と豆のたっぷり入ったキーマカレーはおいしかった。野菜嫌いの子供も喜んで食べそうだ。

デザートの八朔を食べる頃には、ぽつぽつとみんな、風呂に行き始めた。

ぼくも食べ終わった食器を持って、厨房に戻り、食器を洗う。シンクのゴミは、前に後片付けをした人が片付けておいてくれていた。自分が出したゴミだけをまとめて捨てる。

自宅だったら、絶対に翌日にまわすところだが、ここではちゃんとやらなければと考えてしまう。

自宅の狭いキッチンは、プライベートな場だが、ここはそうではない。キッチンは共有スペースだ。

社会だな、とふと思う。ひとりで洗い物をしているのに、家と違って、他者の存在を意識している。それがとても新鮮だった。

片付けを終えて、自分の部屋に戻る。風呂はちょうど混んでいるようだったから、もう少し遅くなって入るつもりだった。

外に出たとき、鶏の鳴き声がした。夜なのに珍しい。

見れば、学校の玄関に車が停まっているのが見える。こんな時間になんだろう。不思議に思って、自然に足が向いた。

そこには、白木が立っていた。車から、女性が降りてきて、白木になにかを渡す。

「悪かったよ。助かった。まさか充電器を忘れるとは、俺もおっちょこちょいだよな」

女性はなにも言わなかった。黙っていても、とげとげしい空気が伝わってくる。

近づくべきではない。きびすを返そうとしたときだった。女性が言った。

「わたし、明日からしばらく実家に帰る」

白木が少し乾いた声で笑った。

「俺がいないんだから、家にいればいいじゃないか。ひとりでのんびりとさ」

「なにが目に入っても腹が立つの。少し家から離れたい」

「俺がいなくてもか？」

「あなたがいないことにもよ。きちんと話したいのに、いつも逃げるようにここにきて、わたしの話なんかちっとも聞こうとしない」

「しつけが悪い犬は、しつけ教室に戻った方がいいだろ」

「そんなこと言ってない。わたしのことばに、勝手に尾ひれをつけないで」

離れた場所で、ぼくは身体を強ばらせて動けない。重苦しい沈黙が続く。

白木が小さな声で言った。

「今度、戻ったらちゃんとやるよ……」

「何度も、同じことを聞いた」

ぼくは考える。白木は今、戻るべきなのだ。戻って彼女と話すべきなのだ。

だが、白木の気持ちも痛いほどわかる。たぶん、今、それをすることに耐えられない。子供が注射から逃げ回るように、目の前の話し合いだけは避けたいと思ってしまう。

「俺……そろそろ戻らないと、やらなきゃいけないことがあるからさ」

白木の声が聞こえて、絶望的な気持ちになる。やらなければならないことなど、この時間にはないし、あったとしても家族との関係以上に優先されるものではない。

「戻ったらさ、うまいものでも食べに行って、そこで話そう。ほら、近所に焼き肉屋できただろ」

他人のことなら、なぜ、こんなにはっきりわかるのだろう。求められていることはそういうことではない。

女性は諦めたように言った。

「そうね」

白木があきらかにほっとするのが伝わってくる。だが、彼女は提案に乗ったのではない。失望しただけだ。

「じゃ、わたしも行く。好きなだけここにいればいい」

車のドアが閉まり、エンジン音がかかる。それに紛れるように、ぼくは寮まで早足で戻った。

階段を駆け上がろうとしたときだった。

「仲上さん！」

後ろから白木の声がした。彼は走って戻ってきたようだった。もしかしたら、気づかれていたのかもしれない。

「もしかして、聞いてました？」

「いや……玄関前に車があるから、ちょっと気になって近づいたんですけど、すぐに戻ってきました」

ぼくはごまかすようにひと息で言った。白木は、寮の階段に腰を下ろし、スマートフォンの充電コードを弄ぶ。

「もう、いつもあんな感じなんですよ。売り言葉に買い言葉みたいになってしまって……いつもギスギスして……」

ぼくが聞いていたかのように当たり前に話し始める。ぼくも観念して、白木より上の段に腰を下ろした。

「距離を置いて、昔みたいになごやかでいられるなら、その方がいいと思ってしまうんですけど……たぶん甘いんでしょうね」

「別れた後に会ってくれるかどうかは、向こう次第ですからね」

ぼくも、一ヶ月に一度しか理央に会えないし、それすらもいずれできなくなるかもしれない。鈴菜が再婚でもしてしまえば、会うのは簡単ではなくなるだろう。

「ねえ、仲上さん、考えたことありませんか。俺のこと好きなら、そのくらいやってくれたっていいだろうって」

ぼくはことばに詰まった。

「食器を流しまで持って行ってない、洗濯物を洗濯カゴに入れてないと言われること。夜遅く帰ってきて、洗濯物を干したままの浴室で、片付けるのが面倒だから、そのままシャワーを浴びて、翌朝、文句を言われること。そのたびに、思うんです。俺のことが好きなら、そのくらい我慢してくれたっていいだろう。文句を言う暇があったら、その間にちゃっちゃとやってくれたらいいじゃないかって」

言い訳をするように、白木は早口で話し続ける。

「わかってますよ。甘えてることは。でも、外にいれば敵やライバルだらけで、くつろげるのは家だけなのに、家でもそんなことばかり言われると、うんざりするんです。もちろん、俺だって、なにもやっていないわけじゃない。たまには料理も作るし、掃除だってしてます。それなのに、まるでなにもやってないみたいに言われてしまうのは……なんというか……理不尽だなって……」

ぼくはためいきをついた。

「わかりますよ。めちゃくちゃわかります」

「でしょう！」

彼の気持ちはよくわかる。そして、自分自身もそう考えてしまうからこそ、それが自分勝手であることもわかるのだ。

「でも、だったら、相手も同じなんじゃないでしょうか。自分のことが好きだったら、ちゃんと話を聞いてほしいって思うんじゃないでしょうか」

そう言った後、ぼくは慌てて付け加える。

「ぼくは結局、結婚生活に失敗した人間です。だから、これを言うのはおこがましいですし、後悔にすぎません。でも、失敗したからこそそう考えてるんです」

ぼくは白木の顔を見ずに話し続けた。

「結婚していたときは、外で働いて金を稼ぐことが、家族のためだと自負していました。だから、家のことなんかやらなくても愛していることには変わりないって。でも、ひとりになってからも、ぼくは仕事をやめていない。当たり前です。働かなきゃ生きていけないし、働くことで、社会からの承認も得られる。まわりを見ても独身の人がみんな遊んで暮らしているわけじゃない」

それなのに、家族のために働いていると言って、パートナーの訴えに耳を貸さない自分はずるかったと思う。

何度話しても、自分のことばが聞き流されている状態で、愛しているのだと言われても、それを信じることは難しいだろう。なのに、「愛してるならそのくらいやってくれてもいいだろう」と言われても、そこにある「愛情」とはなんなのだろうと考えてしまうのではないだろうか。

白木はなにも言わなかった。反論もしなかった。

「思うんですけど……」

「はい」

彼が相づちを打ったことにほっとする。

「ぼくたちは、家事と愛情を結びつけたくなるし、ケアをしてもらえることが愛情だと思ってしまいがちだけど、それはもしかしたら違うんじゃないかなって」

母が弁当を作ってくれたり、ぼくの好きなものを作ってくれた行為の中には、たしかに愛情は存在するだろう。でも、愛情以外に、責任なども存在していたはずだ。そこから愛情だけを抽出して、他の要素を見て見ぬ振りをすることは、間違っているのではないだろうか。

こんなことを考えたのははじめてだ。

最初の授業で、花村校長から聞いたことばを思い出す。

(家事とは、やらなければ生活の質が下がったり、健康状態や社会生活に少しずつ問題が出たりするのに、賃金が発生しない仕事、すべてのことを言います。多くが自分自身や、家族が快適で健康に生きるための手助けをすることで、しかし、賃金の発生する労働と比べて、軽視されやすい傾向があります)

校長はひとことも、誰かへの愛情だとは言わなかった。

そして、もし、ケアと愛情を結びつけるなら、こちらがそれを受けるだけでいいはずはない。相手のすることだけ、愛情と結びつけて、自分は切り離す。それはあまりに都合のいいふるまいだ。

ケアと愛情を結びつけるなら、自分もちゃんと相手をケアするべきなのだ。

考えたことは、そのまま自分の心に突き刺さる。

白木がどんなペースで料理を作っているのか、掃除をしているのかは知らないが、自分がやりたいときにだけやり、それ以外のときはなにもしないのなら、それは公平とは言えない。

「もちろん、結婚していることだけが幸せだとは思わないし、距離を置いた方がいい関係だってあるとは思います」

それでも、彼はまだ自分の妻に愛されたいと思っているのではないだろうか。

白木が小さな声で言った。

「耳が痛いな……」

ぼくは笑った。

「失敗した人間の言うことなんて、別に聞かなくていいですよ」

それでも、思うのだ。ぼくが失敗しているからこそ、少しは彼の耳に届くのではないだろうか。もし、ぼくが妻とうまくいっている男なら、上から目線のアドバイスに聞こえるだろう。

もしかすると、男性がもっといばっていられた時代に生まれていれば、こんなことで悩むことはなかったのかもしれない。

だが、それはそれで息苦しいこともたくさんあっただろうし、なによりもそんなことは願っても不可能だ。

植民地時代に戻りたいというイギリス人やフランス人がいたら、なんて自分勝手なことを言う奴だろうと、誰もが考えるだろう。それと同じことだ。

白木が立ち上がった。

「でも、気持ちはわかるって言ってくれてほっとしましたよ。甘えるなって言われるかもしれないと思ってました」

そのことばに思わず笑ってしまう。

「いや、本当にわかります。めちゃくちゃわかります」

言語化していなかっただけで、ぼくだって同じ気持ちだった。

自分勝手な思いであっても、それを誰かと分かち合うことには、意味があるのかもしれない。

まだ取り戻せるかもしれない場所にいる彼を、ぼくはうらやましいと思う。だから言った。

「でも、もうぼくには甘える相手はいませんから」


翌朝、白木の姿は家事学校にはなかった。

岡村先生に聞くと、急用があって帰ったと言っていた。やめたわけではないから、学校にはまた戻ってくるだろう、と。

彼がやり直せるかどうかはわからない。そうであってほしいと思うだけだ。


土曜日の夜、白木と話したあと、ぼくは花村校長の部屋をノックした。

「はい、どうぞ」

年上の女性特有の、高めの歌うような声。声だけではなく、話し方も世代によって違いが出る。どこか懐かしい気がするから、花村校長の声は嫌いではない。

「仲上です。お邪魔します」

「あら、どうしました？」

校長は眼鏡をずらして、こちらを見た。

「実は少しご相談がありまして……」

「なにかしら」

ぼくは呼吸を整えて、話し始めた。

「前にもお話ししましたが、ぼくは新聞社で働いています。今は家庭面の担当をしています。もし、可能なら、山之上家事学校を取材して、記事にさせていただきたいと思いまして……」

校長はすぐに返事をしなかった。ただ、じっとぼくの顔を見つめる。

なんとなく心の奥を見透かされるような気がして、言い訳をしたくなった。

「もともと取材をしようと思って、ここにきたわけでは、もちろんありません。ぼくがこの先、生きていくのに必要だから、家事をきちんとできるようになりたかった。そして、短い間ですが、きてよかったと思っています」

家事のスキルだけではない。生きていくことを見直しているような感覚がある。

「だから、ここを紹介したいんです。たぶん、必要としている人は、他にもいると思うんです」

「そうね……紹介していただけることはありがたいです。ここの経営も簡単ではないですしね」

それは感じていた。市内中心部から離れているとはいえ、設備を維持していくだけでも大変だろう。

「でも、書くなら、仲上さん、あなたがここにきてなにを覚えたのか、どう感じたのかを主に書いてください。もちろん、その生徒さんがかまわないというのなら、他の生徒さんに話を聞いてもかまいません。そこは大人同士ですから、学校が止めることはできません。でも、できれば、他の人の話ではなく、あなたの話を書いてほしいの」

そう言われて戸惑った。頭にあったのは、学校のカリキュラムの紹介と、ここにきている生徒たちへのインタビューだ。自分のことを書くなら、エッセイのような形になってしまう。

だが、ぼくの内面に変化があったからこそ、山之上家事学校のことを書きたいと思ったのは事実だ。

「あと、もうひとつ。これは、仲上さんへのお願い」

「なんでしょう」

「ゴールデンウィーク、はじめての生徒さんも何人かいらっしゃるし、いつもより少し人が多いこともあって、ちょっとひとつ、変わった実習を企画しているの」

「はい」

花村校長は、少しコケティッシュな顔で笑った。

「そこで、仲上さんには、ある役割をお願いしたいと思っているの。サクラ……というのは、ちょっとイメージが悪いわね。盛り上げ役、とでも言いましょうか」

それを聞いて、少し慌てる。

「ぼく、そういうのはあまり得意じゃなくて……」

飲み会などでも、あまり中心にいる方ではない。政治部にいたときの飲み会では、無理して喋ったり、盛り上げる努力をしたこともあるが、あまり上手くはできなかった。

「大丈夫よ。仲上さんにぴったりの役割だから」

日曜の夜、二日間の授業を終えて、洗濯物と、必要なものだけ持って、自宅に帰った。このあいだは、鈴菜からの連絡でドタバタと家事学校を出たから、それどころではなかったが、今は、ひどく不思議な感覚がある。

遠い、隔離された世界から現実に戻ってきたような、夢から覚めたような、そんな気持ちだ。

休暇で海外旅行などに行ったとき、こんな気持ちになったような記憶がある。遠い昔だ。まだ理央が産まれる前、それどころか結婚する前だったかもしれない。

出張で数日地方に行くだけでは、こんな気持ちにならない。

飛行機が着陸するとき、気圧の差で耳が詰まることがある。そんなふうに、ぼくの身体は、日常に戻ってきた違和感を訴えている。もちろん、山之上家事学校は、山とはいえそんな高い場所にあるわけではないし、気圧が違うとは思えない。

なにがぼくを戸惑わせているのだろう。ぼくにはまだその正体はぼんやりとしか見えない。

体験記として書きたい。

幅木にそう言うと、簡単にOKが出た。

「でも、それだと紙面に載せるよりも、ウェブ掲載がいいと思うんだけど」

やはり新聞に載るのと、ウェブだけの掲載に留まるのとでは、人の目に触れる機会が全然違う。ウェブは話題にならなければ、閲覧数も少ない。

だが、自分のことを書くとなると、少し気後《きおく》れしてしまうのも確かだ。ウェブの方が、飾らない気持ちを書けるかもしれない。

体験記として書くのなら、離婚したことや、自分があまり家事をやってこなかったことにも、触れないわけにはいかないだろう。

見栄を張りながら書いたものが、人の心を揺さぶるとは思えない。

第七章　聞くレッスン

行動制限のない大型連休はひさしぶりで、交通機関も賑わっていると聞く。鈴菜からきたメールには、両親と理央を連れて、白浜《しらはま》にパンダを見に行くと書いてあった。

その場に自分がいないことに、痛みを感じずにはいられないが、それでもメールで近況を知らせてくれるだけでも、なにもないよりはいい。

「旅先で撮った理央の写真、よかったら送って」

そう返すと、サムズアップをしたパンダのスタンプが送られてきた。これは、一応拒否されていないと考えていいのだろうか。

ぼくは、ハートマークのスタンプを送ろうとして、とっさに取りやめて、無難な「よろしくお願いします」のスタンプを送った。

夜、バス停で最終バスを待っていると、後ろから声を掛けられた。

「こんばんは」

振り返ると、猿渡がいた。

「ああ、ひさしぶり」

彼が戻ってくることは、校長先生にも聞いていたから驚かない。驚いたのは、彼が自分から声を掛けてきたことだ。

前回までの彼なら、黙って後ろに並び、ぼくが気づくまでは気づかないふりを続けていたのではないだろうか。誰かとの交流を望んでいるようには見えなかった。

「もしかして、山之上家事学校ですか？」

「このバスに乗って、他に行くところないだろ」

もちろん、住んでいる人もいるはずだし、大きい病院もある。もっと山の奥まで行けばキャンプ場もあるらしいと聞いた。

だが、ぼくにとって、ここから出るバスは、家事学校に行くバスだ。

「仲上さんはもうカリキュラムを終えて、卒業しているのかと思っていました。ぼくと違って、真剣に授業を受けていたし」

「そのつもりだったんだけど、元妻が新型コロナに感染したから、娘を預かるために、あの後すぐに帰ったんだ。そこからぼくも感染したり、いろいろあって、長いこと行けなかったけど、ようやく先週から復活した」

「そうだったんですね。でも、知らない人ばかりでなくてよかったです」

猿渡の雰囲気は、この前のとげとげしいものと、まったく違っていた。なにが彼を変えたのだろうか。

「ぼくは、京都で一人暮らしをはじめてみて、ちょっと身に染みました。コンビニ弁当でいいかと思っていたけど、すぐに飽きたし、家だってすぐにぐちゃぐちゃになるし……。高一から、ずっと叔母と一緒に暮らしてきて、叔母は忙しい人で、前にも言ったように家事を外注していて……、でも外注しながらも、叔母がなにもやってなかったわけじゃなかったんだなって、ようやく気づきました」

住み込みの家政婦でもいなければ、ありとあらゆることを外注するのは無理だ。

生活必需品で足りないものがあれば、自分でチェックしなければならないし、ゴミだって、二十四時間ゴミ捨て可能なマンションでもない限り、決まった時間に捨てなければならない。

「正直、たった一日の授業でも、受けてよかったと思うことがあったので……。ゴールデンウィークを利用して、残りのカリキュラムもちゃんと受けようと」

「おじさんから見ても、絶対その方がいいと思うよ」

だが、少し不思議な気がした。彼の変貌は、本当に一人暮らしをしてみたから、というだけのことなのだろうか。

バスがきた。さすがにふたりがけの座席に座るのは妙な気がして、ふたりともひとりがけの座席に座った。話はそこで途切れる。

高一からの三年間、叔母と暮らしていたというのなら、彼の両親はいったいどうしたのだろう。ふたりとも、彼と一緒に暮らせない事情があるのだろうか。

バスは長いトンネルを抜けて、山の中に出る。いつもの停留所が近づいてきたから、降車ボタンを押した。

荷物を持ってバスを降りる。猿渡も続けて降りた。

猿渡は、いきなり言った。

「さっき、叔母と一緒に暮らしていると言ったとき、仲上さん、なにも聞かないでくれて、いい人だなと思いました」

「いやいやいや」

「でも、一応言っておくと、両親とも健在なので、そんなに気を遣わなくてもいいです。離婚することになって、父と祖母が、ぼくを引き取ると言い張って、母がそれを受け入れたけれど、その後すぐに祖母が要介護になりました。父はぼくと一緒に生活することができなかったというだけなんです」

「お祖母《ばあ》さんは？」

「施設にいます。今は全然会えないですけど……」

たしかにコロナ禍で、老人介護施設の面会は難しくなった。同僚も、近くの施設なのに、オンラインでしか面会できないと言っていた。

家事学校の門をくぐる。

「今日は、おっぽはいませんね」

「鶏小屋で寝てるよ」

たまに外に出ていると、花村校長や岡村先生以外の人間は、容赦なく突かれる。

「ぼくはもう鍵をもらっているから、寮に直接行くよ」

猿渡は鍵を取りに行かなければならないだろう。

「じゃあ、また明日」

そう言うと、彼は背中を曲げるように会釈をした。


猿渡の話を聞いて、少し罪悪感に囚《とら》われた。

離婚したとき、ぼくも少し母を頼って、理央を引き取ることを考えた。まあ、母には簡単に拒否されたし、そもそも鈴菜が承諾するはずもない。

猿渡の母親はそれを受け入れた。

もし、彼女が専業主婦だったのなら、離婚してから仕事を探して、シングルマザーとして息子を育てていくのは困難だと考えたのかもしれない。

もう中学生になっていたのなら、自分のことも多少はできるし、高校や大学の学費の方が重くのしかかるはずだ。夫に払わせるためには、調停での話し合いを重ねなければならない。

猿渡にとっては、両親双方から捨てられたようなものだったのかもしれない。

だとすれば、彼の頑《かたく》なさも少し理解できる気がする。

だが、なにが彼の心を解きほぐしたのだろう。


翌朝、学校に行くと、和室には七人くらいの生徒がいた。これまで見た中で一番多い。猿渡はまだきていないから、ぼくも含めると九人。もしかするとまだきていない生徒もいるかもしれない。

時間割を確認する。洗濯表示の授業は、一度受けているから、もう受けなくていい。浴室掃除の実習は一回やったが、これはもう一回やってもいい。手分けしてやるから、二回目は前回、自分の担当してない場所をやることができる。

調理実習は、昼は夏野菜のカレー。夕方は鶏の唐揚げ、葱《ねぎ》ソース。中華風の卵スープ、春雨《はるさめ》サラダ、青菜の炒め物。

そして、夕食後にははじめて見る授業がある。「自由参加、交流」とあり、その下に「詳細は別紙にて紹介」と書いてある。

実は、ぼくはこの授業のことは、花村校長から聞いている。一応、調理実習のレシピの横に置いてある説明の用紙を手に取る。

家事の中には、家族のケアとも関わりが深いものがたくさんあります。家族と暮らすならば、家族の考えていることを聞かずに、家事労働従事者が一方的に決定権を行使すれば、それは権力にもなることがありますし、また働いたのに、家族からはそれほど感謝されないということにもなります。

ですから、ここでは、人の話を聞くというレッスンをします。ルールはひとつ、遮らず、茶化したりもせずに、ただ、話を聞く。簡単なようで、意外に難しいです。社会では、聞き役をうまくできなくても、立場が上ならばそれを咎《とが》められたりしません。

同じ人がずっと聞き役に回っていて、それに気づかない場合もあるかもしれません。

もちろん、聞くためには誰かが話さなければなりませんから、順番が回ってきたら、話したいことを話してください。話したくないことは、聞かれても話さなくてもかまいません。なにも話したくない場合は、パスすることも可能です。

咎めたり、茶化したり、よく知らないことについてアドバイスしたりするのでなければ、聞いた話について自分の経験や、感じたことを話すこともできます。

簡単だと思われますか？　そんなこと、いつもやっていると思われる人もいるかもしれません。でも、あらためてこのルールの中で、人の話を聞くことで、新たな発見があるかもしれません。

一緒に過ごす仲間のことも深く知ることができるかもしれません。

書かれてあることを全部読み終えて、ぼくは顔を上げた。

自由参加となっているが、ぼくはこの授業に参加しなければならない。花村校長から頼まれているのだ。

もし、誰も話したがらなければ、ぼくが最初に自分の話をするように、と。

夕食後、二階の教室に集まったのは全部で四人だった。

半分ほどの生徒が出席を決めたことになる。それに花村校長と、もうひとり、岸本《きしもと》という男性がいた。花村校長から、臨床心理士だという説明があった。

ただ、岸本がなにかを教えてくれるという話ではなく、誰かが発言者を責めたりしたときに、それを止めたり、話しにくい雰囲気になってしまったときに、仕切り直したりする役割だと聞いた。

驚いたことに、猿渡もそこにいた。もちろん、この中で飛び抜けて若い。あとは、栗山《あわやま》と金石《かないし》という、今日初めて会ったふたりだった。ふたりとも三十代後半で、栗山は単身者、金石は来年子供が産まれると言っていた。

最初に学校にきたときには、鷹栖もいたし、他にも六十代くらいの男性もいたが、この連休中に学校にいる生徒は、比較的若い世代の人が多い。五十代の堀尾がいちばん年上のように見える。

金石は子供が産まれるから、家事を積極的にやっていきたいと語っていたし、栗山は特にきっかけとかはないが、自分の家事スキルをアップしたいと語っていた。

「今は両親と同居して、完全に頼ってしまっているんですが、これから両親も年を取っていくし、自分が主体になって家のこともやっていかなければならないですしね」

夕食のとき、栗山はそう話した。たぶん、古い人間なら、そういう場合、結婚相手を探すという選択になるのではないかと思うが、栗山はそういう考えはないようだった。

話を聞いた堀尾が、「嫁さんを探す気はないの」と言っても、栗山は曖昧《あいまい》に笑うだけだった。

正直、この交流の場に堀尾がいないことに、ぼくは少しほっとしている。彼は人の話を混ぜっ返したり、茶々を入れたりするタイプだから、彼といるときに本音を話したくないと思ってしまう。

苦手だというわけではない。調理実習などでも、積極的にみんなと話して、場を盛り上げるタイプだし、彼がいると空気は明るくなる。一緒に飲むと楽しいだろうし、きっと友達も多いだろう。

だが、その「場を楽しくする」という彼の性格が、ときどきデリカシーのない発言につながっていくことがある。

同じような友達や同僚は、他にもたくさんいるけれど、彼らに対して心がざわつくことは、これまであまりなかった。

それなのに、今は彼のふるまいに、どこか居心地の悪さを感じてしまう。変わったのはぼく自身なのだろうか。

そんなことを考えていると、花村校長が話し始めた。

内容は、今朝読んだ紙に書いてあることと同じだったが、文章で読むよりも、校長の柔らかな声で聞く方が、抵抗なく受け入れられる。

「話している人に対して、なにか言いたくなっても、とりあえず最後まで聞いてください。それから、それは本当に今、口に出すことがふさわしいかということも考えてください。話してくれた人を責めるようなことや、自分は経験したこともないのにアドバイスしたくなったりしたら、それは今、口に出すようなことではないかもしれません。そのプロセスを経てからでしたら、発言してくださってもかまいません」

花村校長にそう言われて、心の一部が痛んだ。

上司や取引先が相手なら、「それは今相手に言うべきことか」と常に考える。だが、鈴菜や、過去につきあった女性に対して、そんなふうに考えたことはたぶん、あまりない。

それなのに、自分の仕事や趣味に対して、同じように口を出されたら、腹を立てていた。人間なのだから、誰しもいつでも完璧なふるまいができるわけはない。だが、よその人に対してできる気遣いを、いつもそばにいる人に対してできないのは、なぜなのだろう。

深く考えると、よけい落ち込んでしまう気がする。

「どなたか話したい人はいますか？」

花村校長がそう言ったとき、猿渡が真っ先に手を上げた。

「長くなってもいいですか？」

花村校長は微笑んで頷いた。

「四人ですから、単純計算で十五分。でも、全員が全員、話したいわけでもないでしょうし、聞くレッスンですから多少長くなっても大丈夫ですよ」

正直なところ、ぼくは自分の番が回ってこなければいいと思っている。まだ自分の本当の思いをどうやって吐き出せばいいのかもわかっていない。

猿渡は、ふうっとためいきをついて、話し始めた。

「仲上さんは知っていると思いますが、ぼくは三月にここにきて、そして文句を言って途中で帰りました。すみませんでした」

彼は花村校長に向かってぺこりと頭を下げた。

「いえ、いいんですよ。戻ってきてくれてうれしいですし、たとえ戻ってきてくれなかったとしても、そんなことであなたの人生が悪い方へ変わるとは思っていません。出会うべきタイミングじゃないときに、出会ってしまっただけということもありますし」

猿渡が一瞬、驚いたような顔をした。

その気持ちはわかる。彼はまだ十八歳かそこらで、少し前まで未成年だった。大人はなんでも知っていて、子供の人生をジャッジできるように振る舞うことが多い。学校という場ならなおさらだ。

けれど花村校長は、あまりそんな気がないように思える。成人を教えることが多いからだろうか。

猿渡は、話を続けた。

「中学生のとき、ぼくの両親は離婚しました。父は、名前の知られた企業で働いていて、母は専業主婦でした。ぼくは、中学受験をして、私立の中学に行っていました。ぼくの家では、家族の間に序列がありました。いちばんえらいのは父、その次が父の母である、祖母、それからぼく、一番下が母でした。ぼくはずっとそれに疑いを持たなかった。父やぼくが食事をするとき、母がずっと料理や配膳をし続けていたりすることはあっても、母が先に食卓に着くことなんて一度もなかった。祖母が料理を作ることはあっても、父が家事をすることはほとんどなかったし、祖母が料理をすると、父とぼくだけ一品おかずが多かったです。それが今はそれほど一般的ではないことを知ったのも、高校生になってからです。祖母は、よく、ぼくに『お父さんが働いてくれているから、学校に行けてごはんが食べられるんだよ』と言いました。だから、そうなのだろうと、ぼくはずっと思っていました」

古い考えだ。だが、ぼくの中にもそれは間違いなくインストールされていた。今でも、完全に振り払えたかどうかはわからない。ぼくの母は、ぼくと妹の和歌子をはっきりと区別したわけではなかったのに。

「働いている父はえらい人で、母はそんなにえらくないのだと、ぼくは思ってしまっていました。父がいるから、母もごはんが食べられて、専業主婦として生きていけるのだと。そんなとき、母が突然、離婚を切り出しました。母はずっとそんな生活に、鬱屈を抱えていたのだと思います。祖母は母が父にはっきりものを言うことを許さなかったから、父と母はちゃんと話し合いをすることすらできなかったのかもしれない。もちろん、話し合いをしても、父は聞かなかった可能性が高いです。母のことをはっきり見下していました」

みんな黙って猿渡の話を聞いていた。

「母は家を出て行き、ぼくは父と祖母と、三人で暮らすことになりました。でも、ぼくが中学三年生のとき、事件は起こりました。祖母が、脳梗塞《のうこうそく》で倒れ、しかも麻痺《まひ》が残り、要介護になってしまったんです。祖母が施設に入ると、家から、家事をする人が、ひとりもいなくなってしまった。しばらくは出来合いのお弁当を食べたり、外食をしたりしてやり過ごしていましたが、家の中はどんどん荒れてくる。見かねた父の妹である叔母が、ぼくを引き取ることを提案し、ぼくは大阪の高校を受験して、大阪に引っ越しました。正直、高校受験をするつもりではなかったから不安でしたが、なんとか志望校に合格することができました」

　その叔母という人が、猿渡にここにくるように勧めたのだと聞いた。

「叔母の家は快適でした。叔母は独身で、ペットグッズの店を経営している人でした。毎日、帰りは遅かったですが、時間のあるときはぼくの話をよく聞いてくれたし、過度な干渉もしなかった。週に二回、家事サービスの人がきて、洗濯や掃除、食事の作り置きなどもしてくれて、勉強に集中できました。ただ、やはりそこでも、家事はぼくの仕事じゃなかった。叔母は仕事ができるから、自分で家事などしなくても生きていけるのだと思っていました」

　喉が渇いたのか、猿渡はペットボトルの水を少し飲んだ。

「叔母自身も、家事は得意ではなく、だから、大学に合格して一人暮らしをはじめる前に、ここに通うように言われました。でも、ぼくは少しも納得していなかった。掃除や洗濯を自分でしなければならないことはわかっていても、他の人のゴミを集めて捨てることが理不尽だと感じたくらいには……。よく考えてみれば、誰かがぼくの出したゴミを集めて捨てることは、まったく理不尽だとは思っていなかった。家事サービスを頼んでいたと言っても、マンションのゴミ出しは朝だけだから、叔母がやっていたはずなのに。それすら目に入っていなかった」

花村校長は微笑んで言った。

「猿渡さんは、少し前まで子供だったのだから、それが目に入らなくてもおかしいことではありませんよ」

「ありがとうございます」

猿渡はそう言ってから、話を続けた。

「ここを出て叔母の家に帰ってから、叔母と話をしました。そこでぼくは、ひとつ、はじめてのことを聞きました。叔母が家事サービスを頼むようになったのは、ぼくと同居することになったからだ、と。それまでは、食事はテイクアウトだとか、外食だったり、掃除もたまにしかしなかったり、洗濯も週に一回まとめて洗って乾燥機にかけていたり……もちろん、それでも父と違って、それなりに暮らしてはいけたんだと思います。でも、ぼくが当たり前のように享受してきた快適な生活は、叔母がぼくを気遣ってくれて、提供してくれていたのだと、はじめて理解しました。そして、たぶん、ぼくが一人暮らしをはじめたとき、同じだけ快適な生活をするには、自分でやるしかないのだと」

たぶん、快適な生活に他人の手が必要だと判断するのも、生活する力なのだろう。家事サービスを入れることなら、猿渡の父もできたはずだ。

「その後、ぼくは中学生の頃から会っていなかった、母と会うことができました。叔母と母は連絡を取り合っていたのだと聞きました。父はぼくと母を会わせることを承知しなかったけれど、ぼくが会いたいなら会える、と叔母に言われ、ぼくは母に会いに福岡に行きました。母に会って、一日過ごし、母の住んでいるアパートに泊まりました。母は、介護福祉士の資格を取って、介護の仕事をしていました。部屋は狭かったけど、きれいに片付いていたし、母は元気そうで、いきいきしていました。本当は離婚するとき、ぼくも一緒に連れて行きたかったのだけど、祖母と父が許さなかったし、当時、ぼくが行っていた私立の学校に通わせることは、母の力では難しかったから諦めたのだと聞きました。母に見捨てられたのではなかったと、わかったことはうれしかった。でも、それだけではなく、ぼくがショックを受けたのは、母が楽しそうで、幸せそうだったことです。家族と一緒に暮らしていたときよりずっと……」

猿渡はぎゅっと唇を噛《か》んだ。

「父も、まだ健在です。でも、父は少しも幸せそうには見えない。荒れた家に住み、夜は酒ばかり飲み、顔を合わせれば、母に対する恨み言ばかり言っている父と、母は全然違っていた」

息苦しくなる。ぼくだって、猿渡の父親のようになってしまうかもしれなかった。いや、今でも可能性はある。

「祖母は言っていた。お父さんのおかげで生活できているのだ、ごはんが食べられているのだ、と。でも、ふたりが別れたあと、ちゃんと生活できているのは母の方で、父はひとりでは少しもうまくやれていない。それを見たとき、ようやく気づいたんです。生活できていたのは、父の力だけではなかったんだって。外で働いていない母は、父によって生かされているように思っていたけど、本当は、父やぼくが、母によって生かされていたんじゃないかって……」

花村校長が柔らかな声で言った。

「社会のシステムが、そういうふうに思わせてきたんでしょう。フルタイム労働者は、家庭内のケア労働を担えないくらいに、忙しく働かせ、家事労働従事者は、一度、仕事をやめると、非正規やパートでしか働けないようにして、家庭内の労働を無償で担わせる。どちらにとっても、幸せなシステムではないように思いますね」

そして、フルタイムでお金を稼いでいる労働者の中には、自分が誰かに依存して生きていることに、気づかない者も多い。

黙っていた粟山が口を開いた。

「ぼくは鬱病で、一年休職していました。そのとき、まわりの人間から、『鬱病だと診断されると、生命保険に入りにくくなったり、住宅ローンなども組みにくくなるから、メンタルクリニックに通わない方がいい』と言われたことがあります。フルタイム労働をして、お金を稼ぐ代わりに、そんな足枷《あしかせ》をかけられ、心を壊して働き続けることを強いられるなら、そんな歯車の中で生きていたくはないと思いました」

猿渡は少し黙った後、口を開いた。

「父も苦しかったんでしょうか……」

その質問には校長が答える。

「生活が上手く回っていたときはともかく、今は苦しいと思いますよ」

その苦しさからは、自分で抜け出すしかないだろう。もしくは、運良く、家事労働を担ってくれる人に巡り合うか。

それは運が良ければ、の、話に過ぎない。だが、社会はまだこのシステムに固執し続ける。

ぼくたちはその中で、生きていかねばならない。

猿渡が話してくれたおかげで、ぼくは自分のことを話さずに済んだ。そのことに安心する。

たぶん、今話せと言われれば、ぼくは必要以上に、過去の自分を卑下し、今の自分が惨めに感じられるように話しただろう。嘘をつくわけではなくても、起こったことを話せば、そうなってしまう。

過去は後悔しているし、ひとりになったことは寂しい。

ただ、今はそれだけではないような気がしている。

それは自分が、個人をすり潰そうとする社会のシステムから、抜け出しつつあるからかもしれない。


翌日の午前中、ぼくたちは、弁当作りを教わった。

初級は、炊いたごはんを詰め、ウインナーや玉子焼き、作り置きのひじきの煮物を詰めるだけだったが、玉子焼きが予想外に難しかった。卵焼き器に薄く卵液を流し込んで、焼けたら巻き、それを何層も繰り返す。ぼくは少しもうまく作ることができず、なんとか巻き簀《す》でそれらしい形にするのが精一杯だった。

十代の頃、もし、自分の弁当がウインナーと玉子焼きだけだったら、母が手を抜いたと思ってしまっただろう。玉子焼きひとつですら、自分では満足に作れないのに。

ただ、他の生徒を見ていると、堀尾が意外にうまかった。手慣れたやり方で、葱としらす入りの玉子焼きをきれいに形作った。

「昔、自分で弁当作ってたんですよ。忘れてるかと思ってたら、身体が覚えていますね」

彼はそう言って笑った。意外な一面を見た思いだった。

他にもいろんなことを教わった。おかずが傷まないように、必ず冷めてから蓋をすること、夏は生野菜などをあまり入れない方がいいこと、プチトマトはヘタに雑菌がいることが多いから、必ずヘタをとること。

一から作れば、時間がかかる。だが、日々の生活の中で、少しずつ準備をすれば、朝やることはそんなに多くない。

理央と離れて暮らしている今、弁当を作るような機会などないと思っていたが、自分のために弁当を作ってみるのもそんなにわびしいことではないかもしれない。毎日外食ではお金がかかる。

誰かのための技術を、自分のために使うこともできるし、きっとその逆もある。

ぼくは少しずつ、自分で自分の面倒をみるやり方を覚えつつある。


大型連休といえども、何日かは出社しなければならない。

翌日の出社を控えて、ぼくは夕食後に、家事学校を出るつもりだった。早朝に出ても出社することはできるが、バスの本数が少ないから、一本逃すだけで三十分以上遅れることになってしまう。

それなら、夜帰って、朝ぎりぎりまで寝た方がいい。

夕食の後片付けは他の人にまかせ、バスの時間まで和室で時間を潰していたとき、二十代半ばくらいの青年が、和室に顔を出した。

「こんばんは。またお世話になります」

華奢《きゃしゃ》で、少し中性的な雰囲気のある優しそうな人だった。栗山は顔見知りなのか、片手を上げた。

「やあ、中島《なかじま》くん」

「あ、栗山さんもいらっしゃってたんですね」

ぼくも会釈をした。自己紹介をしたいが、そろそろ出発しなければならない。

「じゃあ、ぼくはそろそろ」

荷物を持って、学校を出た。バス停に向かう途中、携帯電話が鳴った。妹の和歌子からだった。

「お兄ちゃん、元気？」

「ああ。そっちはどうだ？」

「元気元気。お母さんも元気だよ」

話しながらバス停に到着すると、向こうからバスがくるのが見える。

「ごめん。これからバスに乗るんだ。用件があったらメッセージでくれる？」

「オッケー。じゃあ、送るね」

携帯電話をポケットに入れて、バスに乗る。すぐに和歌子からメッセージが届いた。

「連休中はなにしてるの？　うちさ、連休後半、家族四人でＵＳＪに行こうと思っててさ。よかったらごはんでもどうかな、と思って」

「連休中は、家事学校に行ってるよ。でも、抜けるのは簡単だから、声かけてくれたら行くよ」

山之上家事学校に行っていることは、和歌子にはもう話している。

「えっ、じゃあ、寮にいるの？」

「これから、一度家に帰るけど、連休中はだいたい、寮かな？」

「お兄ちゃんの部屋、広い？」

「広くない。１ＬＤＫ」

和歌子がなにを考えているかわかった。連休中のホテルは高いだろう。

「鍵貸すからうち泊まるか？　布団は二組しかないけど」

最初は一組だったが、理央がきたときに、もう一セット買い足した。

「本当？　ラッキー。二組あれば充分。ホテルだってツインにエキストラベッド入れるだけだもん。仁くんはシュラフ持ってるから、持って行かせるわ」

長く住んだ部屋なら、いくら妹でも貸すことに抵抗がないわけではないが、二ヶ月しか住んでいない部屋は、まだどこか仮住まいのように思える。持ち物も少ないから、すぐに片付けられる。

一泊はＵＳＪの近くに泊まりたいと言うから、二泊貸すことにして、日程を相談する。メッセージのやりとりをしているうち、降りる停留所が近づいてくる。

だいたい話も終わった。携帯電話をしまおうとしたとき、またメッセージが届いた。

「さっき、仁くんと話したらね、お兄ちゃんも一緒にＵＳＪどうかな？　って」

「俺が？　せっかく家族水入らずなのに？」

「うちは年がら年中、家族水入らずだからさ。そこは気にしなくてもいいし。もしくは、三日目は海遊館行くつもりだから、そっちでも」

「ありがとう。これから降りるから、予定を確認してまた連絡するよ」

電話をしまって考える。昔の自分なら、妹家族と休日に一緒に出かけるなんて考えもしなかった。

それでも、今は仁太朗がそう言ってくれるのが、厚意からだということはわかる。

少なくとも煙たい義兄だと思われていないのなら、その方がいい。

最初は戸惑ったが、ぼくの心は行く方に傾きつつある。

翌日、取材を一件こなし、会社に行って幅木と会った。

「仲上さん、元気そうやん。顔色いいし」

「そうですか？」

たしかに、家事学校にいると、三食きちんと食べるし、栄養のバランスも取れる。ビールも買いに行くのが面倒で、一本だけしか飲まないし、夜でかけるところがないから早く寝る。

朝や、午後の自由時間に散歩したりもするから、まったく運動しないわけでもない。健康にはいい生活と言えるのではないだろうか。

ふいに、東京の政治部で働いていたときのことを思い出す。

夜遅くまで飲み歩き、昼はコンビニでサンドイッチやおにぎりを買うか、食べないかだった。夕食を食べないときは、ちゃんと連絡してと言われていたが、三回に一度は連絡を忘れた。そのうち鈴菜は、連絡なしで遅く帰っても、なにも言わなくなった。そのときは、ようやくぼくの働き方を理解してくれたのだと思っていたが、なんのことはない、言っても通じない相手だと思われただけなのだ。

何時に帰るかわからなければ、食事を作るタイミングもわからないし、もう食べないのだと判断することもできない。自分で料理をするようになってから、よくわかる。

鈴菜と結婚してしばらくは、ぼくが帰るタイミングで、揚げたての天ぷらやフライが出てくることがあった。

たぶん、ぼくが帰らなかった夜も、そうやって準備された食材や料理はあったのだろう。ぼくは彼女のその気遣いに気づくことすらしなかった。

「そういえば、家事学校のルポ、進んでいる?」

「あ、連休中に進めます。なんだか考え込んでしまって……」

自分の情けないところをさらけ出すだけではなく、社会のシステムに対する批判も書きたい。そのバランスが難しい。

あまりに自責的にもなりたくないし、かといって、社会のせいにしすぎるのもどうかと思ってしまう。

「楽しみにしてるから。ちょっと上にも話してみたら、反応もよかったし」

それは少し驚く。昔よりは増えたと言っても、上層部は古い考えの男性が多い。男性が家事学校に行くなんて、と苦笑されるものだとばかり思っていた。

「やっぱりさあ、自分が年齢を重ねると、老親の現状だって目にするわけだし、パートナーが先になくなるケースや、高齢になってから独り身になって苦労するケースだって、身近になるんとちゃうかなあ」

　幅木はそんなことを言った。

「うちの連れ合いもさあ、最近、地域の自治会に積極的に参加するようになって、どうしてかなと思ったら、定年後、仕事でのつながりがなくなったとき、友達も知人もいなくなるのは怖いから……って言ってたし」

　少し耳が痛い。大阪に越してきてから、職場と家事学校以外の知り合いは作っていない。今すぐ東京に帰るつもりもないのに、どこか、ここは仮の住まいだからと考えてしまっている。

　ぼくは自分の席に戻って、携帯電話を見た。

　待ち受け画面には、パンダを背景に、理央が親指と人差し指をクロスさせて笑った写真が設定されている。

　鈴菜が白浜から送ってくれた写真だった。こんなメッセージと一緒だった。

「パパに写真送るよって言ったら、理央がこのポーズしたの。知ってる？　指ハート」

　はじめて知った。どうやら親指と人差し指でハートを作っているらしい。さすがに胸が熱くなった。

　どのくらいの間、大好きなパパでいられるか。たぶん、それはぼく自身の行動にかかっているのだろう。

第八章　ほころびを直す

家事学校に戻ると、ぼくは校長に、一日休むことを伝えた。

「妹一家が大阪に遊びに来るので、一緒に過ごしたいと思いまして……いきなりすみません」

花村校長は老眼鏡を少し下げて微笑んだ。

「いいんですよ。ご家族がいちばん大事です」

そのことばに、ぼくは少し戸惑う。

「家族……ではないです。妹はもう別世帯なので」

「あら、そうかしら。家族なんて曖昧なものですよ。どこまでを家族と考えるかなんて、その人の自由です。英語のファミリーには、きっと妹さんとそのご家族も含まれると思いますけど」

一族と考えると、別世帯の身内も含まれるだろう。

妹一家は、一緒に住んでいるわけではないから、家族ではないと思っていたが、広い意味ではそう考えてもいいのかもしれない。

　自分にはもう家族などいないと思っていたが、そういうふうに捉えることもできるのか。少なくとも、会いたいと思ってもらえる間は、家族なのだと。


　連休中のアミューズメントパークは、恐ろしいほどの人だった。

　人に酔いそうになりながら、ぼくは和歌子や仁太朗たちと一緒に、施設をめぐった。仁太朗が、ぼくを誘った理由もすぐにわかった。

　大人がひとり加わるだけで、道中は少し楽になる。買い物を担当することもできるし、ふたりが子供たちを連れてトイレに行っている間に、荷物やベビーカーを見ていることもできる。亮太がいきなり走り出したときに、追い掛けることもできる。もちろん、へとへとにはなるが、ひさしぶりに子供に振り回されるのも悪くない。

　仁太朗が、すっかりベビーカーに飽きた茜を抱きながら言った。

「すみません。本当にいろいろ助かりました」

　空のベビーカーを押しながらぼくは笑った。

「いやあ、楽しかったです」

　仁太朗と和歌子の疲労感は、ぼくなどと比べものにならないだろう。しかも、彼らは昨日もＵＳＪで過ごしている。

一日半、たっぷりと遊んでくたびれた子供たちを連れて、ぼくの住むマンションに移動する。さすがに疲れたらしく、茜はベビーカーで眠り込んでしまったから、ぼくはベビーカーを仁太朗にまかせて、荷物の詰まったスーツケースを担当することにする。

帰りの電車で、ぼくは和歌子に山之上家事学校の話をした。彼女が勧めてくれたことにはとても感謝している。

猿渡から聞いた話を、ぼくは和歌子に話した。

「正直、いまだにそんな家があるんだなと思ったよ。うちはそんなことなかったよな」

和歌子からは同意の返事がもらえるものだと思っていたのに、彼女はなぜか微妙な顔をした。

「お兄ちゃんにはそんなふうに見えてたんだ」

「え……？」

「確かに、お母さんは、お父さんやお兄ちゃんにだけおかずを一品多く作ったりはしなかったよ。でも、お兄ちゃんは私立の四年制大学に行っているのに、わたしは短大にしか行かせてもらえなかった」

そのことばに、ぼくは息を呑んだ。

ぼくは和歌子が望んで、短大に行ったものだとばかり思っていた。

「小学校くらいからお父さんにずっと言われていたよ。おまえは短大くらい出ればいいって。お兄ちゃんは『いい大学に行け』って発破を掛けられているのに。そりゃあ、わたしだってめちゃくちゃ勉強が得意だったわけじゃないから、納得はしたけど、でも、もやもやは残った。どうして、わたしはお兄ちゃんと同じくらい頑張れって言ってもらえないんだろうって。その方が楽だと思ったことはあったし、それでお兄ちゃんを恨んでるわけではないけど、でも、やっぱりまったく同じだったわけじゃないよ」

「ごめん……」

「うん、それに関してはお兄ちゃんが悪いわけじゃない。それはわかってる。だからわたしは茜と亮太の間に差はつけたくないと思ってる。女の子だから、このくらいでいいなんて思わないようにしている」

「うん……」

愕然とするしかない。ぼくにはなにも見えていなかった。一緒に暮らしていた家族のことさえも。

大学に行ったぼくと、短大だった和歌子とは明白な扱いの差があったのに、それを和歌子が選んだことだと信じ込んでいたのだ。

和歌子と仁太朗を自分の家に案内し、布団の場所や風呂の沸かし方、近くのコンビニの場所などを説明する。

帰る前にゴミも出しておいてくれると言うから、ゴミ捨て場の場所や時間も教えた。

冷蔵庫を覗いた和歌子が言った。

「ちゃんときれいにしてて安心した」

「まあ、引っ越してきて二ヶ月だからなあ。散らかす方が難しいよ」

「あ、卵とウインナーがある。朝ごはんに使っていい？　帰る前に買い足しておくから」

「いいよ。あと野菜は玉葱もあるし、冷凍庫にはミックスベジタブルもあるから、使っていいよ」

連休中は家事学校にいるつもりだったから、日持ちのしないものは買っていない。

終バスの時間に間に合わなくなるから、そろそろ出なくてはならない。そう言って、家を出ようとすると、仁太朗が廊下まで追い掛けてきた。

「本当にありがとうございました。助かりました。部屋だけでなくて、今日の昼間も」

「いや、ぼくもひさしぶりに茜ちゃんや亮太くんと過ごせて楽しかったし」

大変でなかったとは言わないが、この疲れにはどこか心地よさも混じっている。

「お世話になりました。じゃあ、また」

彼はそう言って、頭を下げた。

独り身に戻る前は、仁太朗のことをどこか頼りないように思っていた。いつもにこにこしているだけで、あまり自己主張や自慢話をするタイプでもない。ぼくは勝手にも、自分の結婚生活は順調だと思い込んでいたから、彼があまりにも気を遣いすぎているように見えていた。

そのとき気づかなかった彼の頼もしさが、今ははっきり見える。

「誘ってくれてありがとう。今日一日楽しかったです」

そう言うと、彼は少しだけ驚いた顔をした。

たぶん、過去のぼくは、こんなことを言わなかったのだろう。

ひとりになると、いきなり疲労感がやってきた。

なんとか間に合った終バスの座席に沈み込むように座る。休日の終バスは少し早い。乗り遅れてしまえば、タクシーで行くしかなくなる。

楽しかったのは事実だが、今日、一緒に過ごしたのが鈴菜や理央だったら、どんなによかっただろう。

そんな時間が貴重なものになるなんて、何年か前までは考えもしなかった。そう思うと、よけいに身体が重く感じられる。

今はまだふたりに会う機会もある。顔も見たくないと思われるほど嫌われてはいない。

そう自分に言い聞かせても、次にあの部屋に帰ったとき、そこには誰もいないのだと思うと、たまらなく胸が痛い。

職場の同僚に、新しい相手を探せばいいじゃないかと言われたことを思い出すが、今はまだ、そんな気持ちになれない。

家族と引き剝がされた傷だけが、じくじくと痛み続けている。

もし、いつかそんな機会がやってくるのなら、今度は失敗しないようにできるだろうか。

そんな予感すらないけれど。


ドアの鍵を開け、寮の自室に入る。

ごろんと畳に横になる。もうこのまま寝てしまいたいが、汗をかいたので風呂に入らなくてはならない。

狭いユニットバスでシャワーだけ浴びるより、広い湯船に浸かりたい。学校の風呂はまだ使える時間だ。

えいやっと起き上がり、支度をして学校に向かう。校長室の電灯も消えているから、もう休んでいるのだろう。

岡村先生は、この近くに住んでいると言っていたが、校長はいつも学校にいる。部屋の数は多いから、どこかに自室があるのかもしれないが、女性だから気軽には聞きにくい。学校は夜十二時に施錠すると聞いているので、帰るとしてもその後だろう。

十一時を過ぎてしまったから、もう風呂に人はいないと思っていたが、脱衣カゴに脱いだ服がある。誰かが浴室内にいるようだ。

ぼくも、服を脱いで、浴室に向かう。

引き戸を開けると、湯船に誰かが浸かっていた。

「あれ、仲上さん」

声を聞いてわかった。堀尾だ。

「今日、お休みだったんじゃないんですか？」

「さっき帰ってきました。妹一家が、旅行にきていて、うちに泊まるんです。さすがにそんなに広い家じゃないんで、鍵だけ渡して寮に帰ってきてしまいました」

先に、髪と身体を洗うために、洗い場に座る。

堀尾は、湯船の縁に座って、火照った身体を冷ましているようだ。

「ああー、サウナでもあればなあ」

さすがに学校にそれは高望みだろう。

ぼくもたまには温泉旅館に泊まりたいと思うこともあるが、独り身だとなかなか難しい。

ここ何年かは新型コロナもあるから、なおさらそんなレジャーとは縁遠くなってしまった。

身体を洗い終えて湯船に浸かると、堀尾もまた湯船に入った。

ふいに堀尾が口を開いた。

「中島って若い子いるでしょ。仲上さん、話しました?」

華奢で優しげな顔をした青年だ。まだ個人的な会話まではしていない。

「調理のとき、一緒になりましたけど、それだけです」

そのときは、粟山が一緒で、中島は彼と仲がいいようだった。ふたりが会話するのを聞くでもなしに聞いていたが、それほどはっきり覚えていない。

「彼は四月から、土日だけここにきているんですけど、風呂で会ったことないんですよね」

なにを言い出すのだろう。

「そりゃ、若い人は大勢で風呂に入ることに慣れてない人もいるんじゃないですか?」

家に風呂がなくて、みんな銭湯に行っていた時代なんて、もう遠い昔だ。ぼくでさえ、そんな時代のことはドラマや映画でしか知らない。

大勢で入浴するのは、日常ではなく、娯楽だ。抵抗がある人がいてもおかしくはない。

ぼくが戸惑っていることなどかまわずに、堀尾は話し続ける。

「中島くん、結婚することになって、ヨメの方が稼ぎがいいので、家のことをやるためにここにきたって言っているんですけどね」

「はあ……」

「どうもくわしく聞いてみたら、籍は入れないらしいんですよ。事実婚ってやつ」

そもそも籍を入れるという表現は、今の日本の戸籍法では正しくない。入籍という方がフォーマルに聞こえるらしく多用されているが、普通、結婚では新しい戸籍が作られる。どちらかの戸籍に入るという形ではない。

「婚姻届を出さないんですね。最近ではたまに聞きますよ」

事実婚をしている友人は、研究者で、姓が変わることの不利益が多いと言っていた。もっとも、事実婚は事実婚で、結婚の制度上の優遇を受けられないから大変らしい。

「でも、あえて事実婚を選ぶのなら、なんか理由があるでしょう」

そうかもしれないが、人の行動にはたいてい理由がついてくるものだ。

ぼくがあまり話にのってこないので、堀尾は業を煮やしたらしかった。声をひそめる。

「もしかして、今流行のトランス男性ってやつかなと思ったんですけど、ＬＧＢＴのＴってやつ」

思わず反射的に声が出た。

「やめましょう。そういうの。よくないですよ」

「そういうのって……？」

「他人のプライベートな領域を詮索《せんさく》したりすることですよ。それに流行とかそういうのも関係ないです」

「仲上さんは気にならないんですか？」

気になるかならないかではなく、それを噂《うわさ》することへの嫌悪感の方が大きい。

「本人が言いたくないことなら、知りたくないです」

堀尾はちょっと気を悪くしたようだった。

「ああ、やっぱり新聞社の人って、コンプラとかポリコレとかに厳しいですもんね」

ムッとする。確かに研修を受けたことはあるし、この嫌悪感にはそれも関係しているのかもしれない。

正直なところ、なぜダメかを堀尾に話してわかってもらえるとは思えないし、ぼく自身、そこまでマイノリティの人権にくわしいわけでもない。

ただ、それが誰かにとって、心の柔らかい部分に触れることだということはわかる。それをおもしろがることで、友情を育みたくないだけだ。

堀尾は派手な音を立てて、湯から上がった。その派手な音が、気まずさをごまかすためだということは、ぼくにもわかる。

「ちょっとのぼせそうだから、先に上がります。お休みなさい」

「お休みなさい」

明日からはあまり話しかけられないかもしれない。もっと当たり障りのないことを言っておけばよかったのだろうかと、つい思ってしまう。

ぼくは、堀尾の背中から、目をそらした。


彼が去ってしまってから考える。

もし、堀尾が同じことを言い出したとき、まわりに他の人間が何人かいて、彼らが同調しておもしろがっていたなら、ぼくは同じように「やめましょう」と言えただろうか。

数は力だ。ぼく自身は、その属性がおもしろがられていても、他人事としてやり過ごすことができる。きっと、ぎこちない笑みを浮かべて、ただ会話に加わらないようにするのが精一杯だっただろう。

過去にそんな場面をどれほど経験してきたかわからない。自分が善人で正義の側に立っているなんて、少しも思えない。

時代の風潮もあったが、中高生の時はもっと積極的にゲイの話などを「笑える話」として扱ってきた。同級生の中に、もしかしたら当事者もいたかもしれないのに、そんなことを考えたこともなかった。

子供だったからだと言い訳はできる。

でも、大人になった今も、立派なふるまいができているわけではない。

ただ、今回はことばを濁してへらへら笑うようなことはしなくて済んだ。堀尾と気まずくなっても、そのことだけは良かったと思えるのだ。

その翌日、「洋服の直し方」という授業を受けた。ボタンの付け方と裾上げの仕方は習ったが、急にそれ以上のこともやってみたくなったのだ。

穴の空いた服や、直したい服を持ってきていいということだったので、穴の空いたセーターを持ってきた。

新婚旅行でイギリスに行ったとき、向こうで買ったものだ。

深みのある緑が気に入っていたが、去年の冬、出してみたら、小さな穴がいくつも空いていた。ニットは防虫剤を入れておかないと、虫食いするらしいとはじめて知った。

捨てようかと思ったが、どうしても心残りで、クローゼットにしまっておいたのだ。

教えてくれるのは六十代くらいの女性の先生だった。

まずは先生がやり方を説明してくれる。

ニットの糸を使って、穴のまわりを囲むように小さく縫って、きゅっと閉じたり、穴が大きいときは、当て布をして細かくステッチをしていく。

セーターと同じ色を使えば目立たないが、違う色を使ってアクセントにしてもそれはそれで味になる。

縫い目がきれいでなくても、それが手作りの風合いになると聞いて、気が楽になった。実際に見せてもらった見本も、細かく揃った縫い目ではなく、太い糸を使って、ラフに仕上げてあった。ほころびや傷を、隠すのではなく、個性にしていく。真新しいものでないからこそ、それは美しく見えた。

端布《はぎれ》で練習してから、セーターの繕《つくろ》いに入る。

ぼくはセーターより、少し明るい色の糸を選んだ。

針と糸など、人生で数えるほどしか持ったことがないのに、なぜかちくちくと指を動かしていると、不思議と心が落ち着いた。

いつも、時間と情報に追われているのが嘘みたいだ。

頭の中がからっぽになり、ひたすら手元の作業にのみ集中する。昔、プラモデル作りに熱中したのと同じ感覚だ。

八代が隣の机で、破れたデニムの膝小僧にクマのアップリケをしている。サイズからして、子供のものだろう。ヘアアレンジは上手かった八代だが、アップリケには慣れていないらしく、形も歪《いびつ》だし、クマはなんだか酔っ払ったような顔だ。

それでも、この世界にひとつしかない形が、子供の記憶に残っていくのだろう。そう思うと、胸が締め付けられるような気持ちになった。

栗山は、ぼくと同じようにセーターを繕っていたが、紺のセーターに黄色い糸で、小指の先ほどの小さな花を描いていた。なかなかうまい。

指を動かしながら、栗山が言った。

「父のなんですが、わざわざ手を動かすんだから、なんかちょっと可愛いものの方が楽しいかなと思ったんです。おじさんが花って、不釣り合いかもしれないけど」

「そんなことないですよ。紳士はボタンホールに花を差したりしますしね」

先生はそう言って微笑んだ。

実際に、紺のセーターに咲く黄色い花はとても洒落《しゃれ》た仕上がりになった。

こんな作業をしていると、一時間半なんてあっという間だ。もらった資料には、ほつれた袖や、靴下の穴の繕い方なども書いてあった。

セーターの繕いが終わった後には、どこか晴れやかな気持ちになっていた。

一年前の自分が、今のぼくを見たら、きっと驚くに違いない。


手作業をしていて気づいた。

これから書く原稿の中で、これは重要なポイントになるかもしれない。

毎日の生活の中にも、小さな楽しみを見出すことができる。たぶん、それは車や旅行などよりも平等で、誰にでも与えられる喜びだ。

他人と自分を比べるのではなく、消費世界に巻き込まれるのでもなく、それ以外にも小さな喜びを見つけ出すこと。

男性だって、これまで日曜大工や庭仕事を通じて、そういう楽しみを見出してきたはずだ。

ただ自虐的になるのではなく、新しい価値観に身体を無理に合わせていくのとも違う。

そんなふうに生きられれば、きっと今までよりも楽でいられるだろう。

ぼくはまだセーターを一枚繕っただけで、えらそうなことが言えるわけではない。

だが、これまではそこに楽しみや喜びなどなにもないと思っていた。

今は違う。それは大きな変化ではないだろうか。

第九章　失望

翌朝、ひどく早い時間に目が覚めた。

まだ朝の五時半だ。お腹が空いて、テーブルの上を探したが、買ったはずのパンが見つからない。

どこに忘れてきたのだろう。

記憶を辿る。昨日、昼の休憩時間にコンビニに行き、夜飲むためのビールとお茶と袋に入った惣菜パンを買った。ビールを冷蔵庫に入れた後、みんなが集っている和室に行って、話に加わった。

そのまま、午後の調理実習に参加してしまったから、和室に置いてきたのだろう。部屋まで持って帰ってきた覚えがない。

学校が解錠されるのは朝の七時以降だが、もしかすると誰かいて、鍵を開けてもらえるかもしれない。

誰もいなければ、そのままコンビニまで歩いて行けばいい。

顔を洗って服を着替えて、学校に向かう。

なにげなく引き戸に手を掛けると、鍵はかかっていなかった。するすると開ける。不審者と間違えられないように、「おはようございます」と声をかけた。

返事はないが、人の声がぼそぼそと聞こえてくる。

誰かいるのだろうか。

ぼくは靴を脱いで、上がった。和室に向かい、パンとペットボトルのお茶が入ったレジ袋を見つける。

声は厨房の方から聞こえてくる。岡村先生の声だが、人と会話しているときの話し方ではなく、授業をしているようにも聞こえる。

厨房には煌々《こうこう》と電気がついていた。岡村先生は生徒に語りかけるように説明をしながら、手袋をした手でボウルの中のなにかを混ぜている。

彼はこちらに目をやり、そして手を伸ばして、カメラを止めた。小さな三脚にのせた一眼レフが、彼の前にあることにはじめて気づいた。動画を撮っていたのだとようやく理解する。

「おはようございます」

先に挨拶されて、ぼくもあわてて口を開いた。

「おはようございます。昨日、和室に忘れ物をしてしまって。取りにきたら、声が聞こえたので、きてしまいました。お邪魔してしまってすみません」

岡村は手袋を外した。

「いえいえ、もうこのシークエンスは撮ってしまったので、ちょうどキリのいいところでした」

「動画、撮ってるんですか？」

「そうです。料理系の配信やってるんです。あ、もちろん校長には厨房を使う許可取ってます」

意外な一面を見た気がした。

彼はにやりと笑った。

「まあ、趣味と実益を兼ねています。講師としての収入はあんまり夢のない感じなので、動画だと字幕さえつければ世界中から観てもらえる」

自然に口が開いていた。

「立ち入ったことをうかがっていいですか？　もちろん答えなくてもいいですし」

「なんでしょう？」

「どうして、このお仕事をされているんですか？　料理が好きだったり、得意だったりしたら、調理師とか……」

岡村は声を上げて笑った。

「二十代の頃、調理師だったんですけどね。実は、やらかしてしまいましてね」

「やらかす？」

「入った老舗《しにせ》の日本料理屋が、やたらに厳しいところで、板長の暴言や暴力なんて当たり前だったんですよ。休めなかったし、毎晩日付が変わるまで働かされて、ちょっとどこかネジが外れたようになってしまったんでしょう。ふっと、記憶がなくなって、気づいたら、板長が血まみれでぼくの前に倒れてました」

　思わず息を呑んだ。

「一升瓶で、頭をぶん殴ったらしいんですよ。あんまり覚えていないんですけど。板長は頭蓋骨骨折の大怪我でしたが、命は取り留めたので、本当に良かったです。だからもう、ぼくは自分をすり減らすような場所では絶対働けないんです」

　驚いているぼくの顔を見て、彼はやんちゃな子供みたいな顔で笑った。

「ドン引きでしょう？」

「いえ、そんなことは……」

　ないとは言えない。温和な人だとずっと思っていた。

　いや、温和な人であっても、厳しい環境に置かれると壊れてしまうということなのだろう。

「服役した後、元受刑者の生活支援のボランティアをしていた花村さんに出会いました。

なぜか気に入られて、この学校をはじめるときに誘ってもらったんです」

「花村校長が……？」

彼女がそんなことをしているとははじめて知った。たまに、彼女が朝から夜までいないときがあるが、そういうボランティアに出かけているのだろうか。

岡村はきゅうりの和え物を皿にきれいに盛りつけはじめた。

「ここの生徒さんは、生活を立て直したいと思っている人が多いけれど、ここにこられるのはある程度、やる気と余裕があって、自分になにが足りないかわかってる人がほとんどです。世の中にはもっと困難な状況にある人がたくさんいて、花村さんはそういう人のためにも、なにかしたいと思ってるんでしょうね。ぼくも、料理はできたけど、そういう人間のひとりでした。自分のために料理をするようになったのも、講師の仕事を引き受けてからです。もちろん、それから栄養学などについても、いろいろ勉強しましたけど」

彼は盛りつけ終わると、カメラを手に取った。どうやら動画の続きを撮るらしい。

「じゃあ、ぼくは失礼します。お話、聞かせてくださってありがとうございます」

ぼくはそう言って頭を下げた。

「あとで、またお目にかかりましょう」

岡村はそう言って、カメラの液晶画面を見ながら構図を確認する。

ぼくは静かにその場を辞した。

大型連休が終わると、猿渡は、無事にカリキュラムを終え、京都に戻っていった。

ぼくもとりあえずは、自分のマンションに帰る。部屋はきれいに掃除され、アザラシを描いたクッキーの箱がテーブルの上に置かれていた。海遊館のお土産だろう。

ぼくはまだしばらく、予定のない土日を山之上家事学校で過ごすつもりだ。まだ覚えたいことはたくさんあるし、この場所のことももう少し見ていたい。

ぼく自身の変化も、記録に残さなければならない。

自宅に帰ってから、ぼくは集中して、連載記事の一回目を書き上げた。

離婚に至るまでの自分の行動、ひとりになってからの孤独と荒れていく生活。いくらでも書けることはあったが、そこは早々に切り上げる。書きたいのは家事学校のことだ。

大人でいるつもりで生活にちっとも向き合ってこなかったことを痛感し、学ぶことで新しい楽しみを知る。弁当作りや、服を繕うことも楽しみになるのだと、はじめて実感したことなどを書いた。気づけば連載一回分を夢中で書き終えていた。

いつのまにか、深夜三時を回っていた。早く寝ないと明日の出勤に差し障る。

ただ、疲れていても、仕事をやり終えた後の心はいつも軽やかだ。

原稿は幅木にも気に入ってもらえ、ウェブに掲載されることになった。

ウェブは読者の反応が、SNSなどでダイレクトに返ってくるから、少し緊張する。炎上するようなテーマではないと思うが、保守的な価値観の男性から見れば、情けないと思われるかもしれない。

掲載日の朝、そんなことを考えていると、鈴菜からメールがあった。

「元気？　次に理央と会う日、また考えておいて」

鈴菜は先月から参考書を作っている出版社に就職し、フルタイム労働をしていると言っていた。休日出勤もときどきあるから、理央に会いたいなら早めに知らせてほしいと言われていたのだ。

ぼくは思い切ってメッセージを送った。

「家事学校に行っているという話はしただろう。それについて、ウェブで取り上げることになって、体験談を書いたんだ。今日掲載されたから、読んで忌憚《きたん》のない意見を聞かせてくれないかな」

「いいよ。リンク送って」

ぼくは、すぐに連載ページのURLを鈴菜に送った。

鈴菜はいつでも行動が早い。普段ならメールの返信もすぐにあるし、家でも友達からメッセージが届くと、即座に返事を書いていた。

だが、その日、なかなかメッセージはこなかった。たぶん、仕事が忙しいのだろうと、ぼくは考えることをやめた。

仕事を終え、家に帰り、野菜と肉を炒めて食事をとった後、さすがに返事が遅すぎることに気づく。

忘れられているのか不安になって、またメッセージを送った。

「あれ、どうだった」

今度はすぐに返事がきた。

「読んだけど……幸彦に合ってたんだね。よかったねって感じ」

あまりに冷ややかなことばに、驚く。なにか気に障ったのだろうか。

電話をしていいか確認して、電話をかける。電話に出た鈴菜の声はひどく疲れ切っていた。

「よかったよ。それでいいでしょう」

「そうは読めなかった。なにか言いたいことがあるのなら言ってほしい」

鈴菜は少し黙った。ようやく口を開く。

「幸彦は、家事の楽しみは誰にでも平等に与えられるって書いてたけど、全然平等じゃない。そりゃあ、わたしだって、結婚して幸彦と一緒に暮らすようになったとき、家事って意外と楽しいなと思ったことがある。おいしいものを工夫して作って、部屋を自分好みに整えて、居心地良くする。楽しかったよ」

彼女の声はかすかに震えていた。

「でも、理央が生まれたらそんな余裕なんてなくなった。片付けてもすぐ散らかるし、やることは無限に出てくる。しかも、黙っていても食事が出てきて、洗濯物がきれいになっていて、部屋が片付いているのを当たり前だって思っている同居人もいる」

「それは……悪かったと思っている」

だから、彼女はぼくと別れ、自分ひとりで生きることを選んだのだろう。

「そのときは、自分が社会から断絶していることが苦しかった。好きだった仕事にも復帰できず、友達と会うのにさえ、気を遣っていたことが息苦しかった。ずっと傷ついていた」

もう一度謝った方がいいのだろうか。だが、彼女は続いてこんなことを言った。

「今は、フルタイムで働いて、理央の面倒は夕食までお母さんが見てくれている。でも、今もわたし、傷ついてる。毎日夜遅く帰って、理央のごはんを作ってやれないことも、理央と一緒にいる時間がどんどん短くなっていることも。ただただ苦しい。子供と一緒に笑っているお母さんの映像を観るだけで、わたし、なにをしているんだろうって思う。この世でいちばん大事な存在と、一緒に夕食をとる代わりに、遅くまで会社で残業しているの。

罪悪感ばかりが募るの。セーターを繕って、それが楽しいって思っている時間なんてない」

　ぼくは息を呑んだ。彼女がそんなことで苦しんでいるとは思わなかった。

「戻ってくればいい」

　ぼくは思い切って言った。

「もう一度、やり直そう。俺も今度はちゃんとやる。前みたいに、仕事を理由に家のことをおろそかにしたりはしない」

　ぼくはまだ理央と、そしてなにより鈴菜を愛している。

　電話の向こうで沈黙が続いた。その沈黙が怖くて、ぼくは話し続けた。

「フルタイムの仕事じゃなくても、前のようにライターでやりたい仕事だけやっていればいいじゃないか。そうしたら、理央とも一緒にいられる」

「そういうことじゃない」

　冷たい声が返ってくる。

　ああ、この声には覚えがある、と、思った。離婚協議の最中、必要な連絡事項のみで、電話を切っていた彼女の声だ。

「わたしは、そういうことが言いたいんじゃない。幸彦にはきっとわからない」

　ぼくは、自分がなにか致命的な間違いを犯してしまったことに気づいた。

だが、なにが間違いなのかわからない。また一緒に暮らせば、鈴菜の願いは叶えられるのではないだろうか。仕事もして、理央との時間も取れる。

それとも、たとえそうでも、ぼくとはもう一緒に暮らしたくないということなのだろうか。

「俺は……そんなにきみを失望させたのか……」

「去年の話なら、返事はイエスだけど、今わたしが言っているのは、そういう問題じゃないの」

「わからないよ……」

鈴菜ははっきりと言った。

「そうでしょ。だから言ったの。幸彦にはわからないって」

そのまま電話が切られるかと思ったが、鈴菜は最後にこう言った。

「理央と会いたいなら、希望日をメッセージで知らせて。なるべく摺《す》り合わせるようにする」

通話の途絶えた携帯電話を手に、ぼくはその場から動けなかった。

正直言うと、家事学校に戻るのも嫌になってしまった。

せっかく変わろうとしているのに、あんなふうに拒絶されてしまったことに、ぼくは傷ついた。

わかっている。鈴菜とはもう離婚していて、恋人でもない。彼女はぼくに失望して、去ったのだから、ぼくを拒絶するのは、当然のことだ。

そう言い聞かせても、心の中で、小さな自分が腹を立てている。

ぼくは変わろうとしているのに、そのことを認めてくれてもいいじゃないか、と。

もう一度、愛情を感じてくれとは言わない。でも、ひとことくらい、その変化を褒めてくれたってかまわないじゃないか。

変わったって、誰も認めてくれないのなら、頑張って変わる必要などないではないか。

前のように万年床で、コンビニ弁当だけ食べていたって、すぐ死ぬわけじゃないし、多少自炊をしたって、百歳まで健康でいられるとは限らない。むしろ、生活習慣病でさっさと死ぬのが、自分にふさわしいような気さえしてくる。

ぼくの中で、子供がひっくり返って、だだをこねている。離婚してからしばらくの間、ずっとそうだったように。

ただ、前と違うのは、被害者のような顔をしてふてくされている自分の隣に、もうひとりの自分がいることだ。

もうひとりのぼくは、その拗《す》ねているぼくのことを、情けないと思っている。子供だと思っている。叱りつけるわけではないが、呆れたような顔で、自分自身を見下ろしている。彼がいつから、そこにいたのかわからない。

でも、ぼくは、その、もうひとりの自分のことも、無視できなくなっているのだ。


次の週末は家事学校を休んで、だらだらすることにした。

情けないことだが、拗ねているのも間違いなくぼく自身で、その自分を無視するのもよくない気がした。

布団も畳まずに、スマホで動画を見て、ピザのデリバリーで夕食を済ませた。ひさしぶりの宅配ピザは、おいしかったが、妙に胃もたれがした。もうこういうものを食べ続けられるほど、身体は若くないということなのだろう。

布団の上でごろごろしながら、豚汁が食べたいなどと考える。

豚汁を作ると、スープジャーに入れて翌日の弁当にもできるし、三日くらいは食べ続けることができる。あとは、ごはんと、惣菜一品でもあれば充分だし、おにぎりを一緒に食べてもいい。

ぼくは翌日、近くのスーパーに出かけて、根菜類と豚の細切れ肉を買った。

大根、じゃがいも、にんじん、ごぼう、青葱。皮を剝いて、火の通りやすさを考えて食材を切る。ごぼうや大根は少し小さめに、じゃがいもは煮崩れしやすいので少し大きく。家事学校で教わった豚汁は、こんにゃくや豆腐も入っていたし、じゃがいもではなく里芋が入っていたが、ひとりで食べるのだから、あまり量が増えても持て余すし、里芋を剝くのは、あまり得意ではない。出汁の取り方も教わったが、自分で食べるのだから、粉末出汁で充分だ。

自分にとっての、ちょうどいい食材と、ちょうどいい量。

その加減が、少しずつわかってきたような気がする。

今日は豚汁を作ったのだから、無理をせず、おかずは漬け物と、買ってきただし巻き玉子にする。だし巻き玉子は、自分ではまだ全然上手に作れないが、まあ、それはそれで別にいいかと思っている。

炊飯器で炊いたばかりのごはんと豚汁、だし巻き玉子の昼食は、おいしいだけではなく、身体も喜んでいるような気がした。

無理などしなくてもいい。完璧でなくてもいい。ただ、自分で作った料理は、それが一品だけでも、生活の太い柱になる。

明日はコンビニで、唐揚げか焼き魚でも買ってくればいいし、ごはんを冷凍しておけば、帰って五分ほどであたたかい夕食が食べられる。

これを食べきって、外食や弁当の日々が続いても、いつかまたここに戻ってくることができる。

家事学校に行き始めたときは、たぶん家事を覚えても、またすぐに元の自堕落な生活に戻ってしまうのではないかという気持ちもあった。

戻らないと言い切ることはできない。忙しかったり、また気持ちが落ち込んだりすれば、きっと元の生活に戻る。

だが、自分にできるという自信と、やった経験があれば、また自炊を再開することもできる。生きていく限り、生活は続いていく。少しは頑張る自分と、頼りない自分との間を行き来しながら、やっていくしかないのかもしれない。

熱い豚汁が、身体中に染み渡るような気がした。


ぼくが家事学校に行ったのは、翌週の週末だった。

金曜日の夜に到着して、鍵をもらいに学校のある母屋に向かう。どうやら、花村校長はいないらしく、校長室をノックしても、誰も出ない。

和室に向かうと、岡村先生がひとりでスマートフォンを弄っていた。

いつもこの時間は、生徒たちが夕食後も残って、おしゃべりに興じているはずだ。

なにかがおかしい。そう思った。

「ああ、仲上さん。鍵預かってますよ」

そう言って寮の鍵をぼくに渡す。

「すみません。ありがとうございます」

厨房の方からは、かすかな水音がするから、誰かが後片付けをするために残っているのだろう。

岡村先生が立ち上がった。

「じゃあ、ぼくは帰ります。今日は校長が帰りが遅くなると言うので、十一時に風呂に入ると言っている栗山さんに施錠してもらうことにしてます。もし、それ以降に風呂に入りたいなら、栗山さんから鍵を預かって、仲上さんが施錠してもらえますか?」

「わかりました」

たまたま今日は人が少ないだけなのだろうか。違和感を抱えたまま、厨房を覗くと、栗山がひとりで食器を片付けていた。

「仲上さん、こんばんは」

「今日は後片付け、ひとりなんですか?」

いつもは三人くらいでするはずだ。

「いや、さっきまで他の人もいました。あとは、食器を片付けるだけで大したことないし、もういいよ、と言ったんです」

栗山の様子はいつもと変わらない。ぼくは声をひそめた。

「なにかあったんですか？」

なにもなければ、「なにかってなんですか？」などと聞き返されると思っていた。

だが、栗山は表情を曇らせた。ぼくは慌てて言う。

「いや、いつもなら、みんな遅くまで和室で話しているのに、今日は誰もいないから……」

たまたま、交流を望まない生徒ばかりがきているという可能性もないわけではないが、それも不思議な気がする。

「うーん……なんて言っていいのかなあ。ちょっと昼間、トラブルが起きましてね。それで、生徒がひとり、強制退学になったんですよ。花村校長は彼を車で自宅まで送って行きました」

ぼくは息を呑んだ。強制退学になるようなトラブルというのはなんなのだろう。

「いったいどうして……」

「まあ、ひとことで言うとセクハラというか……」

「花村校長に？」

そう言ってから後悔する。もし花村校長が被害者なら、彼女が送って行くはずはない。

男性同士の間でもセクハラは起こりえる。

「いや、生徒の間でです」

粟山は言いにくそうな顔をしている。無理に聞き出さない方がいいのかもしれないと思ったが、なにがあったか知らないままでいるのも居心地が悪い。

「どう言ったらいいのかな……。人のいないところである生徒に抱きついた生徒がいて……その、抱きつかれた方がかなり怖い思いをしたらしくて……抱きついたやつは、『冗談のつもりだった。男同士だからいいだろう』みたいなことを言ってたんですが……その……全然冗談とかではなく、たぶん悪意があって……」

「ああ……」

ようやくぼんやりとわかってきた。

以前、堀尾が中島のことをトランス男性ではないかと言っていたことを思い出した。

ぼくは思わず尋ねた。

「堀尾さんですか？」

粟山はなぜか、目を丸くした。

「え？　堀尾さん？　なんで？」

そのすぐ後に、玄関の引き戸が開く音がした。重い足音が聞こえる。

「粟山さん、ゴミ出してきたけど、もうやることない？　先に、風呂入っていい？」

その声は堀尾だった。

退学になったのはぼくの知らない生徒だった。

堀尾を疑ってしまったことが心苦しくて、ぼくは時間をずらして風呂に行くことにした。十一時半から入りたいと言って、粟山から学校の鍵を借りた。

堀尾が風呂に行った後、粟山は声をひそめてぼくに言った。

「わからなくもないです。堀尾さんもあんまりデリカシーないタイプの人ですもんね。でも、堀尾さんが気づいて、止めに入って人を呼んだんです。正直、ぼくも意外な一面を見たと思いました」

それを聞いて、疑いなく堀尾だと思ってしまった自分が恥ずかしくなる。

一度、寮に戻って時間を潰し、十一時半を少し過ぎた頃、風呂に入りに行った。

ひとりで足を伸ばして、広い湯船に浸かる。

ふうっとためいきをつく。

トラブルの現場にいなくてよかったと思ってしまう自分が嫌だった。

堀尾と会話したときは「よくないですよ」と言えたが、粟山が言ったようなことをやった人を前にして、真っ先に止められたかというと、少し自信がない。

一対一ならまだ、言葉を選びながら言える。だが、向こうが多数派だったりすると、口をつぐむ自分の姿しか見えないのだ。

だが、すぐに気づく。

ここでは誰かが止めるだろう。堀尾も止めたと聞いた。それだけではなく、すぐに問題になって、その行いをした人間を退学にすることができた。

退学を決めたのは、花村校長だろう。他の先生に、そこまでの権限はないはずだ。

やり過ぎだという人もいるかもしれない。だが、ここの生徒たちは子供ではない。

誰かの尊厳を傷つける人を許さない。今、そう言い切れる場がどれだけあるだろう。


翌日は、岡村先生が休みで、前山《まえやま》という五十代くらいの女性の先生が教えにきてくれた。

キャベツを使ったザワークラウトの作り方や、ファスナーつきポリ袋を使った白菜漬けの作り方を習った。

きたばかりのときは、「漬け物を自分で漬ける」なんて、大変すぎると思ったかもしれない。今は、自分では普段やらないことをするのが、少し楽しい。

後半は、漬け物を使った煮込みや、スープの作り方を教わった。

漬け物で、煮込みやスープが作れるなんて知らなかったが、よく考えればキムチ鍋などと同じだ。

白菜漬けをスペアリブと煮込んだものは、酸味だけでなく、深い旨みがあっておいしかったし、ザワークラウトで作ったスープも、簡単にできておいしかった。

一人暮らしで、大きな白菜を買っても持て余してしまうし、漬け物ならば、発酵《はっこう》が進むまでは箸休めとして食べて、その後、スープや煮込みにすることだってできる。

今度、挑戦してみてもいいかもしれない。

調理実習では、中島と同じ班になった。

小柄で細身だし、たしかに少し声も高いが、このくらい声の高い男性は他にもいるし、小柄で細身の人だっているだろう。

中島がトランス男性かもしれないと言われたら、そうかもしれないとも思うが、絶対そうだと確証が持てるわけではない。

本人が言わないのに、こちらから聞くつもりもない。

だが、後片付けをしているとき、中島から話しかけてきた。

「仲上さん、堀尾さんに言ってくださったんですってね」

「え？　なにをですか？」

「そういうことを噂するのはよくないって……」

彼はぼくを見て、にこりと笑った。それでぼくは理解する。やはり、被害に遭ったのは中島だったのだろう。

思わず言ってしまった。

「いえ、なんかすみません……」

彼はきょとんとした顔になった。

「どうして謝るんですか？」

「ぼくだって、くわしいわけじゃないし、その……マイノリティの人がどんな思いをしているのかとか、全然知らないですし、勉強もしてないです」

ふと、前に聞いたことを思い出す。マジョリティはマイノリティのことを知らなくても生きていける。マイノリティはマジョリティのことを知らないと生きていけない。

がっかりした顔をされるかと思ったが、中島は少し笑っただけだった。

「ぼくだって、そういうことはたくさんあります。国籍とか人種とか……障害や病気によって差別されるとか」

ああ、そうか、と思う。ある部分では少数派の人が、違う部分では多数派になる。どんな場所でもマジョリティである人間もいるが、あらゆる場所で少数派であるという人はそんなにいない。

それでも、差別を良しとしない人が多い場では、差別者は力を失うし、少なくとも内心を隠そうとするだろう。

中島は話し続けた。

「堀尾さんは言ったんです。その……彼を退学にしない方がいいんじゃないかって」

「どうしてですか？」

「外の世界の方が、『そのくらいのことで』って言う人が多いんじゃないかって」

ぼくは唸った。たしかに堀尾の言うことにも一理ある。

たぶん、管理する人間が替われば、問題にさえならなかったかもしれない。おもしろがる人間の方が多数派である場所なんて、いくらでも想像がつく。

「自分だって、無知な人間だったから仲上さんに諭されていなければ、やめろとは言わなかったかもしれない。退学になった彼は、被害者意識だけを募らせて、まわりの人におもしろおかしく話すかもしれない。少なくともここにいれば、自分はよくないことをやったのだと、自覚することができるって」

ぼくはしばらく考え込んだ。堀尾の言うこともわかるのだ。

「でも、だからって、中島さんがその人を許さなければならないのも、変ですよね」

彼は目を見開いた。

退学になれば、学ぶことはできないかもしれないが、それはその彼の問題だ。花村校長は、中島がここは安全だと感じられることの方を重視したのだろう。

「まずは被害に遭った人の安全が先なんだと思いますよ。どんな場合も」

そう言うと、中島は小さく頷いた。たぶん、まだ世の中にはそうでない場合の方がずっと多いのだろう。

　ぼくは、話を変えた。

「堀尾さんから聞いたんですけど、結婚されるとか？」

　中島はぱっと笑顔になった。

「結婚というか、パートナーシップですけどね。妻の写真見ます？」

「えっ、見せてください」

　彼が見せてくれたスマートフォンの画面には、タキシードを着た中島と、ウエディングドレスを着た丸顔の女性の写真があった。

　ふたりとも弾《はじ》けるような笑顔で、それが少しうらやましい。

　この世界にはままならないことが多すぎるから、せめてふたりの幸せを祈りたいと思った。

第十章　新しくはじめられる場所

その日の夜になって、ようやく花村校長に会えた。

少し疲れたような顔をしているのは、強制退学に至ったトラブルのせいだろうか。それでも彼女はぼくに笑いかけてくれた。

「インターネットで、記事を読みましたよ。とてもいいエッセイでしたね」

「はあ……」

煮え切らない反応をしてしまう。続きを書かなければならないのだが、あまり気が進まない。

花村校長は眼鏡をずらして、ぼくの顔を見た。

「どうかしたんですか？　記事についてなにか言われたとか？」

「いや、その……別れた妻に、ちょっと叱られてしまいました。なにもわかってないって」

花村校長は少し黙った。

「仲上さん、今、お時間ありますか？　少しお話ししましょうか」

「あ、はい……」

　昼に後片付けをしたから、夜は免除されている。あとは風呂に入って寝るだけだ。

　ぼくは花村校長とふたりで、校長室に向かった。

「別れた奥さん……というのも、ちょっと言いにくいわね。お名前をうかがっていいかしら。仮名でもいいから」

　プライバシーを慮《おもんぱか》ってのことだろうが、仮名を使う意味もない。ぼくは笑って、答えた。

「鈴菜です」

「鈴菜さんは、本当にあなたを叱ったんですか？」

　うっ、と、ことばに詰まった。叱られたと解釈してしまったのはぼくだが、鈴菜はただ、自分の感情を吐露しただけだ。しかも、ぼくから連絡して、わざわざ感想を聞いている。

「たしかに……そう言われたら、別に叱られたわけではないかも……」

　花村校長はにっこり笑った。

「そうでしょう。そうでしょう」

　ぼくはよく、鈴菜や和歌子から責められているように感じるとき、「叱られた」などという言い方をしてしまう。本当に叱責されたときならまだしも、遠回しに責められているように感じるときにも。

それは自分の被害者意識なのだろうか。

もしかすると、理央がもっと大きくなったら、「娘に叱られた」などと言うようになるのかもしれない。容易に想像がつく。

「それで、鈴菜さんはなんとおっしゃったの？」

「ええと……家事と育児をひとりでやっているときは、楽しいと思う余裕なんてなくて、そして今は、両親に娘を預けて、仕事に行って、そのことに罪悪感を抱いているって。繕い物をして、それを楽しいと思う余裕なんてないって」

花村校長は黙って、ぼくの話を聞いていた。

「生活を楽しむことは、車や旅行よりも多くの人に開かれた楽しみだと、ぼくは記事に書きました。でも、彼女は生活を楽しいなんて思えないと言いました」

これまで、大して家事をやってこなかった。だから、なにもわかっていないと言われれば、黙るしかない。

「わたしは、仲上さんは間違っていないと思いますよ。料理を作ることや、身の回りを整えることにも小さな喜びはありますし、義務ではなくそれを発見するのは大切なことです」

「でも……」

そう言いかけたぼくを、花村校長は遮った。

「それでも、常に家事に押し潰されてきた人にとっては、腹立たしく感じるのも事実かもしれないですね。でも、喜びを感じることが悪いわけではありません」

過重労働で苦しんできた人間と、働きはじめた新入社員の違いかもしれない。

ぼくは話を続けた。

「鈴菜は言いました。今は、両親に理央……娘を見てもらって、仕事をしている。そのことにも傷ついているって。だから、ぼくは言ってしまいました。なら、戻ってきたらいいじゃないかって。それが彼女を怒らせたみたいで……」

「そうね……」

花村校長は困ったような顔になった。先ほどのように、ぼくは悪くないと言ってほしかったが、彼女はそうは言わなかった。

沈黙が怖くて、ぼくは話し続けた。

「もちろん、彼女が働きたいと思っているのは知ってます。だけど、この社会はフルタイムで働きながら、まだ小さい子供の面倒を見続けられるようにはなっていないじゃないですか。社会を変えることができればいいけど、それは簡単じゃない。だったら、もう少し……もう少し理央が大きくなるまでは、理央と一緒にいた方が、彼女自身も消耗しなくて済むし、幸せなんじゃないかと思ったんです。なにもかも、ひとりで抱え込んだって、人間ひとりのキャパシティなんか限られている。ぼくだって、ちゃんと変わったつもりです」

「仲上さん」

花村校長の声からは、これまでの歌うような優しい響きは消えていた。

「わたしはね、できるかぎり、男性がどうとか、女性がどうとかは言わないようにしてきました。この学校にくる人には、それぞれ違う事情があります。男性でも家事をメインで担っている人もいるし、これから担おうとしている人もいます。なにより、家事をやるのは、パートナーだったり、家族だったり、まわりのだれかを助けるためではないと思っているからです。その人自身が生きるために家事が必要だからです」

花村校長は眼鏡を机の上に置いて話し続けた。

「パートナーがいて、その人が普段、主になって家事を担当することはなにも悪くない。母親にやってもらうことも、それ自体は悪いことではない。その家族の選択です。でも、その家事をやっている人が、常に健康で問題なく家事ができるとは限らない。もし、その日がきたとき、残された人がなにもできないと、生活はとたんに回らなくなる。わたしの母などはね、不調を感じていたのに、自分がいなくなると家のことをする人が誰もいなくなるから、と、検査や入院を先延ばしにしていました。気が付けば、手の施しようのない状態になっていました。そんなことが何十年か前までは決して珍しくなかった。今だってまったくないとは言えないでしょう」

ぼくは息を呑んで、花村校長を見た。

「鈴菜さんはなにもひとりで抱え込んではいないと思います。ご両親を頼って、自分のやりたいことを実現しようとしているのでしょう」

「でも……なら、どうして彼女は、あんなに苦しそうなんでしょうか」

「仲上さんは苦しかったですか？」

思いもかけないことを言われて、ぼくは戸惑った。

「ぼくが……？」

「仲上さんは、娘さんの育児を鈴菜さんにまかせて、仕事ばかりを頑張っていたとき、苦しかったですか？　今の鈴菜さんは、そのときの仲上さんと同じでしょう」

いきなりハンマーで殴られたような気がした。

苦しいなどと思ったことはなかった。鈴菜がいつもちゃんとやってくれると思っていた。自分はちゃんと父の役目を果たしていると信じていた。

答えられないでいるぼくから目をそらして、花村校長は窓の外を見る。

「わたしは、家事をやることに男性も女性も関係ないと思っています。それでも社会から押しつけられる圧力は全然違う。そこは認めないと公正ではありませんね」

「鈴菜が苦しんでいるのは、彼女が女性だから……」

「それもあるでしょうし、なにより、母だからでしょう。母にのしかかる重圧は桁違いです。もちろん、シングルファーザーにはまた違う苦しみと圧力があるでしょう」

その違いは、わずかにだが想像がつく。世間で求められる男性像を維持したまま、子育てをするのはどう考えても大変だ。

「仲上さんは、もう少しの間娘さんと一緒にいた方が鈴菜さんも幸せかもしれないと言いましたよね。もう少しって、どのくらいですか？　娘さんはおいくつ？」

「六歳です……」

「あと、五年経ってもまだ小学生で、その先は受験やいろんな壁がありますよね。働く女性はむしろ子供が小さいときよりも、小学校高学年になったりしたあたりで、仕事を辞める選択をするというデータもあります。保育園のように預かってくれる場所もどんどん減っていきますし、習いごとなどをするのにも、お母さんのサポートが不可欠というケースは少なくない」

自分自身がなにも考えていないことを突きつけられたような気がした。

「もし、あと十年家にいたとして、それだけの期間、フルタイムで働いていない女性を、社会がどう扱うか、おわかりですよね」

言われてみれば、今の職場にも、それだけの期間、休んで復帰してきた女性などいない。子供を持ってフルタイム労働をしている女性は、だいたい産休や育休の後、継続的に働いている人ばかりだ。

「鈴菜さんは、今、その社会に抵抗しようとしているんだと思います。もちろん、娘さんと一緒にいたい気持ちも、消耗したくない気持ちもあるでしょう。でも、だからといって屈したくないと思っているんでしょう」

ぼくは必死に頑張ろうとしている人に、「そんなに頑張らなくてもやっていけるじゃないか」と言ってしまったようなものだ。

ぼく自身は、育児を鈴菜にまかせっきりで、罪悪感など抱いたこともなかったのに。

「消耗する必要などないというのも、ある意味では真実だとは思います。変わらない社会に戦いを挑んだって、正直負けてばかりです。でもね、仲上さん」

花村校長は、ぼくの目をじっと見た。

「母親の人生は、子育てが終わってからも続くんですよ」

当たり前だ。なのに、ぼくはその言葉に凍り付いている。

そんなことを考えたことがなかった。母は孫の面倒を見たり、習いごとをしたり、好きなことをして暮らしていると思っていたが、母の世代はそもそも選択肢すら少なかったし、ぼくたちの世代は、母のように年金だけで生活していくことは難しいだろう。

鈴菜を愛していると言いながら、ぼくは本当に親身になって、彼女の今後を考えてきたのだろうか。

どこかで、「女性の人生なんてこんなものだ」などと甘く考えていたのではないだろうか。

これまで見えていなかったものが見え始めると、過去の自分がなぜあんなに頑なだったのかわからなくなってしまう。自分が正しいと思い込んで、違う意見を聞こうとしなかった。聞かなくてもいいと思い込んでいた。

目から鱗《うろこ》が落ちると言うが、ぼくの鱗は接着剤のようなもので固く貼り付けられていて、なかなか落ちなかった。

今になってこそ、はじめて理解できること、心に響くことがたくさんある。

だが、どうしても思わずにはいられないのだ。ほんの少し早く、聞くことができていれば、失わずに済んだものがたくさんあると。

その翌週の土曜日、午後の調理実習でひさしぶりに白木を見かけた。

ぼくを見ると手を上げて、爽やかな笑顔を見せる。あれからどうなったのかは少し気になるが、こちらから聞くのも図々しいだろう。

午前中はいなかったようなので、どうやら白木は、調理実習のクラスだけをピンポイントで受講するらしかった。

今日は、パーティメニューということで、ローストポークを習うことになっている。あとは、子供も喜んで食べるポテトサラダと、おもてなし用のアボカドと海老のサラダだ。

ポテトサラダは、定食屋の付け合わせや小鉢でよく出てくるし、市販の弁当にもよく入っている。スーパーなどでも簡単に買えるが、一から作ってみると、意外に面倒な料理だった。

じゃがいもを皮ごと蒸し、玉葱を細切りにして、水にさらす。茹で卵を作り、きゅうりを薄切りにして、塩もみする。蒸したじゃがいもの皮を熱いうちに剝いて、潰す。ここで、コップの底をラップで覆って、それで潰すというやり方を教わった。

じゃがいものあら熱を取っている間に、きゅうりを絞り、玉葱の水気を切る。茹で卵も潰して、細切りにしたハムと材料をすべて、マヨネーズやレモン汁、塩胡椒で和える。

マヨネーズ多めの子供向けレシピと、水切りヨーグルトを使った、少し健康的なレシピとふたつ作る。

こんなに細かい工程があるのに、メインディッシュにはならない。母もよくポテトサラダを作ってくれたし、理央が好きだったから鈴菜もよく作っていた。

自分で作るまでは、ささっと作れる家庭料理だとばかり思っていた。

そういえば、酔って帰ってきて、冷蔵庫に残っていたポテトサラダを全部食べて、翌日、鈴菜に激怒されたことがあった。

理央の保育園の弁当に入れるつもりだったと言われても、ぼくは彼女の怒りがあまりぴんとこず、口うるさいなあと思っていた。

スーパーに行けば売っているものを手を掛けて作るのは、子供に少しでも健康的でおいしいものを食べてもらいたいという気持ちからだし、それを酔った状態で雑に食べ尽くされれば、腹が立つのも当然だと思う。

過去の自分のひどい行動に、気分は落ち込むばかりだ。

ローズマリーや根菜類と一緒に焼いたローストポークは、食欲をそそるいい匂いがした。切り分けて、皿に盛りつけ、それを和室に運ぶ。

和室のテーブルで、白木は自然にぼくの隣に座った。

「仲上さん、今は週末だけですか？」

「そうです。土日だけ泊まりがけできてます」

月曜日の朝、少し早起きをして、ここから出勤する。白木はビールのプルトップを開けて機嫌良く言った。

「俺、ちょっと悩んでたんです。もうこなくてもいいかなって。でも、料理を習うのは楽しいから、料理のクラスだけ、ときどきくることにしました」

どきりとした。もうこなくてもいいかなと思ったのは、妻との関係が修復できたからか、それとももう決定的にこじれてしまったからか。

だが、白木の表情は明るかった。

「俺ね。妻と相談して、夕食作りを担当することにしました」

「えっ、大変じゃないですか」

いろんな家事はあるが、夕食作りはいちばんの大仕事ではないだろうか。掃除や洗濯は、二、三日なら休むことはできるが、夕食は毎日作らなければならない。

白木は片手を振った。

「いや、もちろん子供がいたりしたら本当に大変だろうし、俺ひとりではできないです。でも、妻は大人で、俺が忙しくて作れない日は自分でなんとかできるし……だから結局ちゃんと作ってるのは、週に三日くらいかな。煮物やスープは翌日も食べられる量を作ったりするし、野菜は休みの日にまとめて茹でて少しずつ使ったり、冷凍したり……今のところ、なんとかやってます」

そういえば、白木はいつも料理の手際がよかった。

アボカドと海老のサラダは、簡単なのに、ごちそうらしさがあって、ワインなどにも合いそうだ。ローストポークも、ローズマリーの香りがよくておいしかった。一緒に焼いたにんじんやごぼう、にんにくにも、豚の旨みが移っている。

「俺ね。食べることが好きなので、つい、『味付けはこうした方がいいのに』とか『もう一品あればいいのに』とか言っちゃってたんですよね。そのたびに、『文句を言うなら自分で作ればいい』と言われてました。実際、料理は好きだったので、たまに気が向いたとき作ってはいたんですが、なんのかんの言って、分担することからは逃げていました。でも、ふと気づいたんです。もしかしたら、自分が料理の担当になったら、自分が妻に要求していたことを、彼女からも要求されるかもしれないと思ってることに」

ぼくは白木の顔をまじまじと見た。

「でも、それを怖がるのはおかしいですよね。自分が言われたくないなら、言わなきゃいい。それに彼女は、俺の料理に文句をつけたことなどなかった。あきらかに失敗したようなときも、責めたりはしなかった。だから、思い切って言ってみたんです。完璧じゃないし、できない日もあるけど、夕食はなるべく俺が作ろうかって」

「すごいです」

お世辞ではなく素直な気持ちで、ぼくはそう言った。正直、もし鈴菜と復縁することができたとしても、夕食作りを全部引き受けるような大胆な提案はできそうにない。

「いやいや、だからちゃんと作るのは週三日くらいしかやってないんですよ。あとは前日作ったものをあたため直したり、野菜と肉を切るだけの鍋とか、もしくは俺が遅くなって妻が作ったり、そんな感じです」

そう言いながらも、白木は自信にあふれた顔をしていた。ぼくにもわかる。人にまかせっきりにせず、自分で生活をまわすことができるという気持ちは、確かな自信になる。

「彼女も最初は半信半疑みたいでしたが、一ヶ月以上続けて、ようやく俺が、本気だということを理解してくれたみたいでした。彼女は、俺の料理を褒めてくれることはあっても、無闇に文句をつけたりはしない。自分がなにを怖がっていたのか、バカみたいだと思いましたよ。家事を担当することは、完璧にやることを要求されることだと思っていた。でも、彼女が求めていたのは、家をまわすことを他人事ではなく受け止めるということだった」

心からうらやましいと思った。彼は自分の不安をきちんと言語化して、それを乗り越えることができた。

たぶん、彼と妻との関係もいい方に変わっていくだろう。不安から目をそらして逃げるのではなく、お互いを信用して、それをことばに出すことができるのだから。

ふいに思う。今の自分が考えていることはわかる。後悔していることもはっきり言える。だが、離婚する前、自分が本当はなにを考えていたのかということがあまり思い出せないのだ。鈴菜に甘えていたのは確かだが、愛してなかったわけではない。理央のことだって、もちろんなによりも愛していた。なのに、あの頃の自分のことが知らない人間のように思えてくる。

知らないはずはないし、わからないはずはない。ぼく以外、ぼくのことを本当に理解することなどできないはずだ。

なのに、どうしてなにもかもが、こんなに遠いのだろう。

数日後、鈴菜からメッセージが届いた。

「今度の日曜日、理央を連れて動物園に行くけどどうする?」

ぼくは即座に返事を打った。理央と会う日を決めてほしいと言われていたけれど、あんなことを言ってしまった記憶が鮮明で、こちらから連絡をする気にはなれなかった。

「もちろん、行くよ」

そして呼吸を整えて、文字を打ち、すかさず送信する。

「このあいだは、無神経なこと言って、本当にごめん」

少し間が開いて、返事がくる。

「わたしも少し言い過ぎたと思っている」

全身の力が抜けた。自分から謝ることができてよかったと思った。まあよく考えてみると、動物園に誘ってくれたのは鈴菜で、そうでなければ、ずっとうじうじ悩んでいたかもしれない。

天王寺《てんのうじ》に行くのかと思ったら、彼女が指定したのはモノレールの駅だった。

「屋内型の動物園があるんだって。今週末はあんまり天気がよくないみたいだから」

週末の天気など気にしたこともない。ずっとそうだった。

「それとさ、理央が新しいパンツにかぎ裂き作っちゃったんだけど……まだ、繕いってやってる？」

どきりとした。楽しいと思ったが、あれからはやっていない。

「やってないけど、やるよ。やらせてよ」

八代が子供服にクマのアップリケをつけていたことを、ひどくうらやましいと思った。

「じゃあ、持って行く」

待ち合わせ時間を決めて、携帯電話を置く。

こうやって会う約束をしても、もうやり直すことはできないのだという寂しさは、間違いなく、ぼくの中にある。

だが、たぶん、ぼくに今できることの中で、いちばん大事なのは、鈴菜の決断を尊重することなのだろう。そのくらいはわかってきた。

だったら、この寂しさも抱えて生きていくしかない。


約束の日、天気予報は夕方から雨だったが、空は朝から分厚い雲に覆われていた。ぼくは鞄の中に折り畳み傘を入れた。

そういえば、政治部で働いていたときは、天気予報など気にしたことはなかった。朝、鈴菜が折り畳み傘を持たせてくれるときもあったが、そうでなければ、雨が降っても、コンビニでビニール傘を買うか、タクシーで帰ればいいと思っていた。

折り畳み傘を持っているのに、ビニール傘を買って帰って、鈴菜に怒られたこともあった。玄関の傘立てには、ぼくが買ったビニール傘ばかり入っていたから、彼女が怒るのも無理はない。

いったい、なにに追い立てられていたのだろうと、今になって思う。

待ち合わせ時間ぴったりに、駅に到着すると、理央と鈴菜が手をつないで待っていた。

「パパ！」

理央が走ってきて、ぼくの手を握る。あまりにも可愛くて、胸が痛くなる。

理央の髪は、パンダの耳のようなお団子にされている。忙しくて余裕がないと言いながら、鈴菜はちゃんと理央が喜ぶようにヘアアレンジをしてあげているのだろう。

「可愛いな。そのヘアスタイル」

そう言うと、理央はにっと笑った。

向かったのは、水族館と動物園が一緒になった、不思議な施設だった。カワウソや、ワオキツネザルなどが近くで走り回るのを見たり、カラフルな熱帯魚をガラスの水槽越しに観察したりできる。

理央は目を輝かせて、展示ガラスに張り付いている。

ぼくは鈴菜に思い切って言った。

「最近、政治部にいたときのことを、よく思い出すんだ」

「ふうん……」

興味のなさそうな相づちが返ってくる。当然だろう。

やりがいはもちろんあった。自分が書いた記事が一面を飾ったことも何度もあったし、ぼくのことを気に入ってくれた国会議員もいた。先輩や同僚と、一緒に夜遅くまで走り回り、いつも疲れていたが、それは少しも苦にならなかった。

ただ、今思うと、そのときの自分のやりがいとはいったい何だったのだろうと思う。命をかけて、不正を追い求めたわけでもなく、世の中をよくしようとさえ考えなかった。

閣僚に顔を覚えてもらい、親しくなり、他社より少しでもくわしい話を聞こうとした。それに意味がなかったとは思っていない。常に閣僚におもねっていたわけではなく、彼らの問題発言を真っ先に記事にしたこともある。

ただ、思い出してみても、そこに、理央と暮らせなくなってもかまわないと思えるほどの価値はない。

夜遅くまでクラブで酒を飲み、心にもないおべんちゃらを繰り返し、同僚と一緒に、自分たちは報道の第一線にいるのだと自負した。

そのときは誇らしいと思っていたけれど、自分が楽しかったのかどうかがわからない。まるでサイズの合わない服に、無理に身体を合わせていたようだ。

「思い出すって言うか、むしろ思い出せないって言うか……」

鈴菜がようやくこちらを見た。

「忙しかったからだと思うけど、なんかそのとき自分がなにを考えていたのか、どう感じていたのか思い出せない。もちろん、どんなことをしていたかは覚えてるんだ。でも、その内側に、自分がいないような……そんな感じがする」

鈴菜は、水槽を覗き込む理央の肩を抱きながら言った。

「そうね。わたしも、幸彦はいつも、ここにいないみたいだと思っていた」

ぼくは驚いて、鈴菜を見た。

「ここにいない？」

「そう。話をしても聞いていない。ごはんを食べても、味わっていない。最初は忙しいから仕方ないと思っていた。できるだけ支えたいとも思った。でも、どんなにわたしが話しかけても聞いていないし、幸彦が好きなものを作っても、大しておいしそうにしない。理央の話をしているときでさえ、どこか聞き流している。だから思ったの。幸彦はもうここにはいないんだって」

ぼくは凍り付いた。たぶん、そのときにそう言われたら、ぼくは笑って「そんなはずはない。ここにいるよ」と答えていただろう。もしくは、馬鹿なことを言うなと声を荒らげていたかもしれない。

だが、今のぼくは、そのときの自分が存在しなかったように思っている。鈴菜の感じていたことと同じだ。

「もっと早く気づけばよかったな……」

隣の水槽に移ると、ヤドカリが、貝ではなく、品種名の書かれた透明のプレートを背負っていた。理央が振り返って、声を上げて笑った。鈴菜も笑ったが、ぼくはそのヤドカリを痛々しいと思ってしまった。

鈴菜は不思議そうにぼくを見て、それから言った。

「でも、今はちゃんとここにいる感じがするよ。こないだ喧嘩したときも、ちゃんと、ことばが通じる人と喧嘩していると思った。だから、あのときよりは虚しくなかった。今の部署が合ってるんだと思う」

仕事だけのことではない。政治部にいたって、自分の感情を見失わずにいられたかもしれない。ただ、当時のぼくは、他にもっと大事なことがあるような気がしていた。

それは幻想だったのだと、今は、はっきり言える。

「ちゃんと生活をやっていこうと思ってさ……」

食事を作り、掃除をして、洗濯をする。もちろん忙しいときは買って済ませたり、外注したりするかもしれないが、そういうことをどうでもいいとはもう思いたくない。

たぶん、それは多くの人にとっては、ごく当たり前のことで、四十を過ぎてあらためてそんなことを言っているぼくは、どこかずれているのだろう。

「健康でいてよ。わたしと夫婦じゃなくなったからといって、理央の親であることは変わりないんだから。まだチームは解消されてないからね」

鈴菜は、ぼくの顔を見ずにそう言った。

胸が熱くなる。少なくとも、そう言ってくれるのは、まだぼくに絶望しないでいてくれるからなのだろう。

「理央が成人するまで頑張るよ」

そう言うと、鈴菜はきっとぼくを睨み付けた。

「成人してもよ。成人したから、お父さんのことがどうでもよくなるはずはないでしょ」

なんだか泣いてしまいそうで、ぼくはわざとしかめっ面をした。

「責任重大だ……」

正直に言うと、うれしいだけでなく、少しやっかいだと思う気持ちだってある。野垂れ死にしてもだれも気にしないと考える方が、自由でめんどくさくない。

それでも、ぼくも鈴菜と理央には不幸になって欲しくない。誰かとつながることは、そもそもめんどくさいものなのかもしれない。

初出
Webサイト「BOC」二〇二二年六月〜二〇二三年五月掲載

近藤史恵

1969年大阪府生まれ。1993年『凍える島』で鮎川哲也賞を受賞し、作家デビュー。2008年『サクリファイス』で大藪春彦賞を受賞、本屋大賞２位に選ばれる。著書に『タルト・タタンの夢』にはじまる「ビストロ・パ・マル」シリーズ他、『インフルエンス』『歌舞伎座の怪紳士』『それでも旅に出るカフェ』『ホテル・カイザリン』などがある。

山《やま》の上《うえ》の家事学校《かじがっこう》

2024年３月25日　初版発行
2024年８月10日　再版発行

著　者　近藤《こんどう》 史恵《ふみえ》

発行者　安部 順一

発行所　中央公論新社
〒100-8152　東京都千代田区大手町1-7-1
電話　販売 03-5299-1730　編集 03-5299-1740
URL https://www.chuko.co.jp/

ＤＴＰ　平面惑星
印　刷　大日本印刷
製　本　小泉製本

Published by CHUOKORON-SHINSHA, INC.
Printed in Japan　ISBN978-4-12-005764-9 C0093